ユーリ・オーレアリス

水魔法を得意とする"水の一族"の公爵令息にして、最上級精霊二体と契約した前代未聞の神童。普段は冷たく無愛想だが、信頼している相手の前だと多少は表情筋が動く。

ブリジット・メイデル

名門貴族"炎の一族"の長子でありながら、"名無し"と呼ばれる最弱精霊と契約してしまった令嬢。元婚約者ジョセフの言いつけで、馬鹿で高慢な令嬢を演じており、周囲に嫌われていたが、実際は頭脳明晰で優秀。

悪役令嬢と悪役令息が、出逢って恋に落ちたなら

～名無しの精霊と契約して追い出された令嬢は、今日も令息と競い合っているようです～

榛名丼 illust. さらちよみ

キーラ・アニク
ブリジットのクラスメイト
ウンディーネ
ユーリが契約する
水の最上級精霊
エアリアル
ニバルが契約する
風の中級精霊
ニバル・ウィア
ブリジットのクラスの級長
ユーリ・オーレアリス
天才と敬遠される悪役令息

ブラウニー
キーラが契約する
土の下級精霊
ジョセフ・
フィーリド
ブリジットの
元婚約者の第三王子
リサ・セルミン
ジョセフが懸意にする令嬢
ブリジット・メイデル
高飛車で傲慢な悪役令嬢

「聞いているのか、
ユーリ・オーレアリス」
「もちろん先ほどから
拝聴しておりますよ、ジョセフ殿下」
「……無礼な奴だな。
王族を相手にそのように
ふてぶてしい態度を取るとは」

「級長！　ニバル・ヴィアッ！
今すぐエアリアルを止めてっ！」
「……ブリジット・メイデル……
……お前は伝統あるオトレイアナに、
相応しい人間じゃない」

「こういう物は、
大切な女性にプレゼントしたほうが
よろしいかと……」

「大したものじゃないから受け取っておけ」
（おい、そんなわけないだろ！）
クリフォード・ユイジー
ユーリが唯一心を許す従者

CONTENTS

第一章　あっけなく燃え尽きた恋 …… 003
第二章　似たもの同士の邂逅 …… 021
第三章　波乱の筆記試験 …… 064
第四章　ブリジットに眠る力 …… 093
第五章　落ちてしまったらしく …… 147
第六章　侍女と従者は苦労人？ …… 183
第七章　魔石獲り …… 213
第八章　信じてくれる人 …… 257
書き下ろし番外編　帰るべき場所 …… 284

悪役令嬢と悪役令息が、出逢って恋に落ちたなら

～名無しの精霊と契約して追い出された令嬢は、今日も令息と競い合っているようです～

第一章　あっけなく燃え尽きた恋

「ブリジット・メイデル。俺はお前との婚約を破棄させてもらう！」

魔法学院の中ホールにて開かれた、パーティーの真っ最中。

そう唐突に告げた第三王子の声に、集められた人々は心から思った。

ああ――ようやくこの日が来たか、と。

着飾った彼ら彼女らの視線は自然と、吸い寄せられるようにとある人物に注（そそ）がれる。

もちろんそれは、王子にその名を呼ばれた令嬢――ブリジットにだった。

ブリジット・メイデル伯爵令嬢は、注目が集まっていることに気づくことすらなく、はしたなくも口を半開きにしていた。

化粧は濃いが、美しく、整った顔立ちの少女である。

燃え盛る炎のように揺れる真っ赤な髪の毛と、やや吊り上がり気味の翠玉（エメラルド）の瞳（ひとみ）。

リボンとレースがふんだんにあしらわれたピンク色のドレスは、デザイン自体は可愛（かわい）らしいもののどこか子どもっぽく、大人びた彼女の容姿にはあまり似合ってはいなかった。

そんなブリジットの前に立つのは一組の男女だ。

ひとりは、ジョセフ・フィーリド。

この国――フィーリド王国の第三王子にして、ブリジットの婚約者である。

もうひとりは、リサ・セルミン。

男爵家の娘で、庇護欲をそそるような愛らしい外見の少女だ。

寄り添う二人は、まるで比翼の鳥のようで……。

そんな二人に睨まれるブリジットは、それこそ物語の中の悪役か何かのようだったし、生徒の多くはその構図を見つめて思った。

今日この場。

試験の慰労会と称してジョセフが学院のホールを貸し切ったのは、ただの名目に過ぎない。

同学年の生徒たちを多く集めたパーティーの場は、ただ衆人環視の下で、ブリジットを滑稽な見世物にするための舞台として用意されたのだと――。

「どうして……どうしてですかっ？　ジョセフ様っ！」

ショックのあまりか、声を裏返らせるような調子でブリジットが叫ぶ。

とたんに、抑えきれない笑い声が生徒たちの間から漏れた。

ジョセフはブリジットの物言いに、眉を顰めた。

普段は温厚な青年として知られるジョセフだが、怒りのあまりかその語気は荒い。

「理由など訊かずとも、よく分かっているだろう？　俺が親しくしているリサに醜く嫉妬し、陰で

こそこそと彼女を虐めていたことは分かっている！」

ざわめきが、ホール内を駆け抜ける。

ブリジットが「そんなことしていませんわ！」と悲痛に叫ぶ声もあっけなくかき消され……タイミングを合わせたように、リサが瞳を潤ませていた。

「本当にひどいです、ブリジット様……あたし、何も悪いことなんてしてないのにっ！」

さめざめと涙を流すリサの肩を、痛ましげにジョセフが抱き寄せる。

ブリジットと異なり、ピンク色のフリフリのドレスが似合うリサは、頬を染めてジョセフを見つめている。

それが許せないのか、ブリジットは喚き散らした。

「でも、だ、だって——ジョセフ様！　わたくしにはまったく心当たりがありません！」

「この期に及んでしらばっくれるのか！」

「しょ、証拠はありますか？　わたくしがリサ・セルミン男爵令嬢を虐げたという証拠は！」

「そんなものは不必要だ！　リサが俺に嘘を吐くはずがないのだから！」

言い切られ、ブリジットが絶句する。

それをいいことに、生徒たちは囁き合った。

「まさかリサ様を虐めていたなんて……」

「王子の婚約者だからって、何をしてもいいと思ってるんだろうな」

「〝赤い妖精〟は、激しい嫉妬の炎にばかり燃えているんですわね……いやだ、恐ろしいわ」

密やかに――それでいてブリジットに聞こえる程度の音量で、交わされる会話。

同情的な声など少しもない。というのも、ブリジット・メイデルは多くの人々に嫌われているからだ。

名無しと契約した出来損ないのくせに、家柄のみで第三王子の婚約者となった令嬢。

高慢ちきで高飛車と性格は最悪。おまけに男爵令嬢に嫌がらせまでしていたとあっては、ブリジットを庇う声などあるはずもない。

――そんな声を耳にして。

ようやく、この場に誰ひとりとして味方は居ないという事実を思い知ったのだろうか。

ブリジットの表情が、静かな絶望に彩られていく。

むしろ、たとえこのホールを飛び出したとしても、この大地の続く場所にブリジットの味方など居ないだろう。

それが分かるからこそ、ますますおかしく、彼女を取り巻く笑い声の音量は増していくばかりだった。

とうとう震えながら深く俯いたブリジットに、最後通告するように。

ジョセフは、鋭く指先を突きつけた。

「ブリジット、もう一度言う。俺はお前との婚約を破棄する」

「…………」

もはやブリジットは、言葉を返すこともできない様子だった。

蒼白な顔色ながらスカートの裾をつまみ、なんとか一礼する。

そうして、ほとんど倒れそうになりながらよろよろと、出入り口に向かって歩き出した背中に。

追い討ちをかけるようにジョセフが言い放った。

「二度と俺と、リサに関わるなよ」

ほんの一瞬、足を止めかけながらも。

……最後の矜持なのか、ブリジットは振り向かずにホールを出て行った。

――――その後。

パーティーは一気に盛り上がりを増し、夜遅くまで、ブリジットを嗤う生徒たちの楽しげな声に溢れたのは言うまでもないことだった。

〝炎の一族〟。
炎魔法の扱いに長け、燃えるように鮮やかな赤髪の者ばかりが生まれるが故に、古くからそう呼ばれる名門貴族・メイデル伯爵家の長女としてブリジットは誕生した。
フィーリド王国では、五歳の誕生日を迎えた子どもは必ず神殿へと赴き、そこで精霊との契約を結ぶのが建国時からの習わしとなっている。
本来、人の国とは相容れない幻想世界――精霊界の住人たちは、自らの力の一部を行使する権利を人に貸し与えることがある。

たとえば水精霊との契約が叶えば、その子どもは水系統の魔法の才が約束される。風精霊との契約なら風系統の、土精霊との契約ならば土系統の魔法の才能が保証されるのだ。

裏を返せば、契約精霊に恵まれない子どもは魔力の才を持たないということになる。子どもたちにとっても、その両親にとっても、契約の儀は将来を決定づけるための重要な意味を持っていた。

そしてブリジットも五歳を迎えたその日、神殿での契約の儀に臨んだ。

十一年前のその日のことを、ブリジットは今でも昨日のことのように記憶している。永遠に忘れることはできないだろう。

「……ブリジット・メイデル伯爵令嬢の契約精霊は、……〝名無し〟です」

困惑の滲む声でそう告げた、神官の声。

神殿内には、大きなざわめきが広がっていき……恐る恐る背後を振り返った幼いブリジットは、つい数分前まで期待に満ちあふれていた両親の顔に、まざまざと失望の表情が貼りついているのを見た。

名無しというのは、いわゆる微精霊のことを指す。

力が弱く、僅かに光を発しながら宙を漂うことしかできない精霊の残り滓のことで、もはや人間界では精霊としての名を与えられていないのだ。

そのため彼らは一緒くたに、名無しと呼ばれるのが決まりである。

平民であれば、名無し精霊と契約するのも珍しいことではない。

いっそ契約できただけ儲け物だと喜ぶ家もあるくらいだ。

だが伯爵家の、しかも血筋正しい炎の一族の長子たる令嬢が、名無しと契約した——この出来事は、前代未聞の事件として人々の間に瞬く間に広がっていった。

同じ年に、メイデル家と並んで称されることが多い〝水の一族〟の令息が、二体もの最上級精霊と契約したのもブリジットにとっては悲劇だっただろう。

ブリジットはその日、屋敷に帰るなり、実の父親に腕を摑まれ燃え盛る暖炉の中に左手を突っ込まれた。

熱さと痛みのあまり泣き喚いて嫌がるブリジットを、しかし父は許さず、周囲が止めるまでその恐ろしい折檻は続いた。

しかしメイデル伯爵は治療を行った神官が帰ったあと、単純に契約をやり直すつもりだったのだ、と憮然として言い張った。

『本当にコレが俺の子どもならば、名無しなんかと契約するわけがない。だから炎に触れさせ、取り替え子かどうか確かめようとしただけだ』

そう言い切る男のことを、ブリジットが自身の肉親と思えなくなったのは言うまでもない。

ブリジットの左手の甲には、焼け爛れた跡が残った。傷が深く、完璧に治すことは治癒術を使う高位の神官にもできなかったのだ。

それから彼女は両手を手袋で隠すようになった。

こうした一連の出来事で、メイデル伯爵には同情が多く集まったが、人々がブリジットを見る目には嘲りだけが浮かぶようになった。

貴族の令息や令嬢が招かれるお茶会やパーティーの席では、ブリジットは子どもたちに遠慮なく指を差され陰口を叩かれた。

いつしか無能なブリジット・メイデルを意味するあだ名として、〝赤い妖精〟という呼び名も出回るようになった。

精霊種の中でも、魔力量などで劣るとされる妖精種。

生まれと能力の噛み合わないブリジットにはぴったりの名ではないかと、多くの子どもたちが口を揃えて笑った。

――そんな苦しい日々が続く中。

招かれたお茶会の場で、ブリジットの人生を変える出会いがあった。

それが、第三王子であるジョセフとの出会いだった。

誰とも話さず、隅の席に暗い顔で座り込んでいたブリジットに、ジョセフは護衛の騎士を後ろに連れながら気負うことなく話しかけてきた。

「ブリジット嬢は、何か好きなものはあるの？」

見目の良い王子を前に、口べたなブリジットがうまく返事を返せないでいると、彼はそんなことを訊いてきた。

日をぱちくりとしてから、考えるまでもなくブリジットは答えた。

「私、精霊が好きです」

そしてすぐに、素直に答えたことを後悔した。

取り替え子――生まれたばかりの人間の赤ん坊と、精霊が取り替えられてしまうという伝承は、このフィーリド王国でも信じられており、年に数回はそれらしき事例も報告されているという。

ブリジットが〝赤い妖精〟と呼ばれる理由のひとつに、本物のブリジット・メイデルと赤毛のフェアリーが取り替えられたのだと揶揄する意味が含まれているのだと、幼いながらブリジットはよく理解していた。

「そうなんだ。どうして？」

だけど、いつものからかいの声は聞こえてこなくて。

ジョセフはただ、理由を訊いてきた。

それはブリジットにとって、初めてのことで――だから、緊張に顔を赤らめながらもきっぱりと答えられたのだ。

「……精霊には、恐ろしい側面もあるけど……とても、綺麗だと思うからです」

「へぇ。素敵だね」

そう。

始まりは、たったそれだけのことだった。

だが、第三王子――ジョセフはそんな風に言って笑ってくれた。

幼いブリジットにとって、それは信じられないほどの救いの言葉となった。

ジョセフもブリジットのことを気に入ってくれたのか、王家から正式な達しがあり、それから間もなく二人は婚約者の間柄となった。

両親——その頃には、顔を合わせることもなかった——は、粗相がないようにとだけ使用人を通じて伝えてきたが、ブリジットは天に舞い上がるほどの気持ちだった。

彼女が唯一の味方であるジョセフによく懐いたのは、自然の摂理だっただろう。

——しかし。

それから次第に、救いの主だったジョセフまでも変わっていった。

「俺、馬鹿な女ほど可愛くて好きなんだ」

いつだったか、ジョセフはそんな風に冷たく言い放った。

ブリジットは困った。

というのも、彼に女性の好みがあるならば、婚約者としてでき得る限り近い存在でありたいと思ったが、ジョセフの言うそれがよく理解できなかったのだ。

おずおずとブリジットは問うた。

「……馬鹿な女とは、どういうものでしょうか？」

「そうだよ。その調子だ」

「え？」

「何も分からないと言って、人に答えを求める。今の君は馬鹿っぽくていいと思う」

呆然とするブリジットに対し、ジョセフは機嫌が良くなった様子だった。

そんな出来事は、それから毎日のように続いていった。

「ピンク色の似合う女はいいな。頭の中もきっと似たような色をしているんだろうね」

「せめて俺の退屈を紛（まぎ）らわせるために、毎日うるさく喚き散らしてみたらどう？」

「もっと分厚く化粧を塗りたくるといいよ。元の顔も分からないくらいにさ」

「婚約者よりいい試験結果を出す女なんて最悪だ。君はそんなことにも気を回せないの？」

ブリジットは必死だった。

必死に、ジョセフの好みに合うように自分を変えた。何度も変えた。

お気に入りの服は全部捨てた。衣装棚の中をピンク色で溢れさせた。

喋（しゃべ）り方を変えた。人に接する態度も変えた。高慢に振る舞い、嫌われた。

化粧道具は一式入れ替えて厚化粧を施した。試験の問題は半分を間違えた。

ぜんぶ、ぜんぶ、元の自分を捨てて塗り替えていった。

だって、

（ジョセフ様に……可愛いって、思ってもらいたいから）

――そうだ。

だから始まりは確かに、淡い恋に似た気持ちだったと思うのだ。

だが現在はどうなのか。

考えようとしても、ブリジットにはよく分からなくなっている。

出会った頃と異なり、ジョセフがブリジットを見る目には一切の労（いたわ）りがない。

侮蔑と、嫌悪がない交ぜになって、憎々しげに細められた瞳は、間違っても自ら望んだ婚約者を見るそれではないのだから。

（というか……そんなの、もう考える必要もないんだわ）

今さら考え直そうとしている自分に呆れてしまう。

もうすべては終わった話なのだ。

（だって私、彼に、婚約破棄されたんだもの……）

どうしても、昨晩のパーティーのことを思い出してしまう。

ベッドの上で膝を抱えながら、ブリジットはぎゅうと強く目を閉じた。

今日が休日で良かった。とてもじゃないが、登校する気力なんてなかったから。

今朝から降り続く雨が、じっとりと、窓の外の景色を濡らしていく。

意識はどこか微睡んでいたが、安らぎはない。絶えず雨の音が聞こえてくるせいだろう。

父に手を焼かれた五歳の日――。

あの日も、朝から小雨が降り続いていたのだ。

ともすれば痙攣しそうになる左手を、右手で押さえつける。

（痛い……）

有無を言わさず、応接間に連れて行かれて。

燃え盛る暖炉を前にして、腕を容赦なく掴まれた感触。

恐怖に喉が引き攣ったが、大の男の力に敵うはずもなくて。

記憶の中で――悪鬼の形相をした父が責め立てるように何度も叫ぶ。

絶叫するブリジットの手を炎の中で焼き焦がしながら、叫んでいる。

少しは期待に応えてみせろ、この無能、役立たず、穀潰し――。

その声がどうか聞こえないようにと、ブリジットは瞼を強く閉じ、両耳を塞いだ。

(もう十一年も前の、ことなのに……)

どうして今も、こんなにもひどく痛むのだろうか。

表情を歪めるブリジットだったが、ドアをノックする音が聞こえ、慌てて顔を上げた。

ぎこちなく返事を返すと、入室したのはブリジットの専属侍女であるシエンナだった。

「ブリジットお嬢様」

オレンジ色の髪を揺らし、お仕着せ姿のシエンナが頭を下げる。

前下がりのボブヘアーをしたシエンナは、ブリジットより二歳年上の少女で、メイデル家の遠縁に当たる商家の娘だ。

背が低いのもあり、並ぶとブリジットのほうがよっぽど年上に見えるくらい幼い外見なのだが、優秀な彼女のことをブリジットは心から信頼していたし、密かに尊敬していた。

「胃に優しいお食事を用意しています。少しでも、お食べになってください」

跪くように床に両膝をつき、シエンナがブリジットの顔を覗き込む。

目が合うと、どこかシエンナの表情は苦しげに見えた。

凛とした美貌のシエンナだが、声には切実な響きがあって、主人であるブリジットを気遣っているのがありありと分かった。

気分が優れないからと、昨夜帰ってくるなりずっと部屋に籠っているから、心配してくれているのだ。

（何があったのか、もうシエンナたちも知ってるのね……）

ジョセフから一方的に言い渡された婚約破棄。

身に覚えのないことを責められ、糾弾され……昨夜は逃げ帰るように屋敷に戻ってきた。

両親の耳にも、当然この事実は入っているはずだ。

だがブリジットを訪ねる者は居ない。

それにほっとしているのか、落胆しているのか、それすらブリジットにはよく分からない。

「私が、ブリジットお嬢様の侍女でなければ……あなたを抱きしめて慰められましたのに」

「誰も咎めたりしないわ、シエンナ」

その言葉にシエンナは立ち上がると、おずおずとブリジットのことを抱きしめてくれた。

「十年以上も……苦しみ続けていたお嬢様に何もできず、申し訳ありませんでした」

「何を言ってるの。ずっとわたくしのことを、気にかけてくれていたじゃない」

ごめんなさい、とブリジットが謝ると、シエンナは驚いたように身を固くした。

それから震える声で、いいえ、と答える。どうしてもっと早く言えなかったのだろう、とブリジットは後悔でいっぱいになった。

シエンナだけではない。

別邸の使用人たちはみんな、ジョセフの言いなりになってばかりのブリジットにそれとなく苦言を呈してくれていたのに。

（私が愚かだった……彼女たちの言葉に、少しも耳を貸さなかったんだから……）

ブリジットとシエンナは、出会った当初から良好な仲だったわけではなかった。

というのも、このメイデル家の別邸は——そもそも、ブリジットを隔離するために造られた場所なのだ。

（罰を与えられた私に、なんの罪もないのに付き合わされた、可哀想な彼女たち……）

名もなき精霊と契約したブリジットのことを、父は許さなかった。

メイデル家の本邸に居る資格はないと、敷地内の隅っこに小さな別邸を急遽用意し……そこに、ようやく怪我の後遺症から回復しつつあった五歳のブリジットを押し込んだのだ。

二度と本邸に顔を見せるな、メイデル家の面汚しめ、とだけ言い置いて。

ブリジットの母は、目も合わせてはくれなかった。

もはや母にとっても、ブリジットは目にするのもおぞましい存在だったのだろう。

そしてシエンナをはじめとした何人かの侍女たちは、メイデル伯爵よりブリジットの世話係を言いつけられ、メイデル家の本邸から異動を余儀なくされたという経緯がある。

侍女だけではなく、料理人や庭師たちも同様である。本邸にて実力に乏しいと判断された数人が、こうしてブリジットが住む別邸に共に移されてきたのだ。

そういう理由があったから、移り住んだ当初、ブリジットと周囲はやはりうまくいかなかった。

それでもこうして数年、毎日顔を合わせて過ごしていくうちに……次第に打ち解けられたように思う。

彼らは、ジョセフの言う通りに外では高慢ちきに振る舞うブリジットのことだって、いつも見放さずに居てくれた。

家族から捨てられた孤独になんとか耐えられてきたのも——そして今、婚約者から捨てられた絶望に囚われずに済んでいるのも、シエンナたちが居てくれたからなのだと思う。

この狭い檻の中で、彼女たちの存在にだけは温度を感じられるから。

（…………温かい）

シエンナのおかげで、冷えていた身体に少しだけ、温もりが戻ったような気がする。

「……ありがとう、シエンナ」

そう呟くと、シエンナがゆっくりと身を離す。

オレンジ色の瞳には、シエンナにしては珍しくどこか悪戯っぽい色が浮かんでいた。

「雨が止んだら」

「ええ」

「衣装棚のピンクのドレスはすべて燃やしましょうか」

「えっ。それは……」

「燃やしましょう」

ね？　とシエンナが薄く微笑んで繰り返す。静かな迫力に、ブリジットはこくこくと頷いた。

「それでは温かいシチューを用意していますので、召し上がってくださいｏ 料理長がお嬢様を心配しすぎて、包丁も離さずに厨房をうろうろしているのです」

「そっ、それは困るわ……た、食べます。ちゃんと食べるってネイサンに早く伝えないと」

温かい、しかも適量の食事をいつでも提供してもらえるのは、この小さな別邸の利点のひとつである。

ブリジットが慌てて答えると、シエンナは満足そうに「私が伝えておきます」と頷いた。

「お部屋にお運びしましょうか」

「そうね。そうしてもらえる？」

かしこまりました、とシエンナが礼をとる。

こんな風にシエンナと落ち着いて会話するのも久しぶりのように感じる。

そうして笑顔で見送りかけたときだった。

「……あなたのどこが、高慢で愚かな令嬢なのでしょうね。ブリジット・メイデルお嬢様」

ふと、呟きが耳を掠めて。

でもそのときには、シエンナの姿は扉の向こうに消えていた。

第二章　似たもの同士の邂逅

婚約破棄から二日後のこと。

次の授業のため別棟に移動しようと廊下を歩くだけでも、あちこちから視線を感じ……ブリジットはひどい居心地の悪さを感じていた。

（もう、学院中に私のことが知れ渡っているみたい……）

だがツンと澄ました表情は変えず、肩で風を切るように歩いていく。

何を言われていようと、笑われていようと、負けたくはない。

ただそれだけの思いだったが……実際は、既にめげそうになっている。

（これからどうすればいいのかしら）

王族の婚約者の地位から一夜にして転落し、今や公衆の面前で捨てられた不様な女である。

ふと、廊下の角を曲がろうとしたブリジットは肩に衝撃を受け、小さくよろめいた。

どうやら前方から歩いてきた男子生徒にぶつかってしまったらしい。

それを認識したとたん――考える前に口を開いていた。

「どこ見て歩いてますの？　この無礼者」

ギロリと一睨(にら)みすれば、男子生徒は顔を引き攣(つ)らせ、何も言わずにさっさと逃げていく。

そんな小さな揉め事を目にした生徒たちは、またヒソヒソと囁き合っていて……ブリジットはその場をすぐに離れた。

（駄目だわ、私。なんでこういう言い方ばかりしちゃうの……）

目頭が熱くなる。

だけど泣いてしまえば、それこそ笑いものになるのは分かりきっていて――唇を噛み締めて必死に耐えることしかできない。

高慢ちきで高飛車な女が好きなのだとジョセフが言ったのは、いつのことだったか。

彼の好みに合わせるために、気弱で物静かだったブリジットは居なくなった。

成り代わったのは傲慢で、王子の婚約者という立場を笠に着る嫌な女だった。

そのせいで〝赤い妖精〟という不本意なあだ名も、ますますお似合いだとばかりに定着していくばかりだ。

さっきだって、本当は『すみません』と謝るつもりだったのに。

「……ハァ」

思わず溜め息を吐く。

（ふつうに喋ることもできないなんて）

親しい使用人相手なら、もっと穏やかに喋ることができるのに。

このままでは駄目だと分かっているのだが、染みついたクセは簡単には抜けそうもなかった。

ふと視線をやれば、学院の窓の外からは、明るい陽射しが射し込んできている。

目にしみるほどに晴れ晴れとした青空を見上げながらも、それでも気分は一向に晴れなかった。それに、窓に映り込んで見返してくる少女の顔が驚くほどにケバケバしくて――自分でもうんざりしてしまう。

「聞いているのか、ユーリ・オーレアリス」

ふいに前方から聞こえてきた声に、ブリジットは足を止めた。

隠れる必要はないと分かっていながらも……柱の影に隠れて、気配を殺す。

恐る恐る覗いてみれば、廊下の先にとある人物たちの背中が見えた。

ジョセフとリサだ。

つい二日前の屈辱と悲しみがとたんに胸を襲ってきて、思わず胸の前で拳を握る。

「もちろん先ほどから拝聴しておりますよ、ジョセフ殿下」

「……無礼な奴だな。王族を相手にそのようにふてぶてしい態度を取るとは」

そして、ジョセフたちの前に佇んでいる青年にも見覚えがある。

学院でその名を知らない者は居ないだろう人物――ユーリ・オーレアリス。

もはや、第三王子であるジョセフ以上に有名と言ってもいいかもしれない。

（水の一族の令息……）

主に水系統魔法に優れた人材を多く抱えるオーレアリス家は、筆頭公爵家として名高い由緒正しき家柄だ。

何度か顔を合わせたことはあるものの、個人的にはまったく話したことのない相手だ。だが、ブリジットのほうはどうしようもなくユーリの存在を意識していた。

(メイデル家とオーレアリス家は、並んで語られることがやたらと多いから)

それぞれ炎と水魔法を得意とする一族として並び立ち、しかも示し合わせたように赤髪と青髪の者が多く生まれる家系である。

だが微精霊と契約したブリジットに対し、ユーリはオーレアリス家の四男でありながら最上級精霊――しかも、同時に二体の精霊と契約した前代未聞の天才なのだ。

魔法の血に優れた家では珍しくないのだが、二家ではそれぞれ、襲爵の資格を持つのは最上級精霊と契約した嫡子(ちゃくし)、あるいは嫡女のみとされている。

ユーリは確実に、オーレアリス家を継ぐことになるのだろうと噂(うわさ)されている。長男も最上級精霊と契約してはいるが、あまりにユーリが優秀すぎてそれが話題になることは少なかった。

そんなユーリは、周囲に対し冷酷無慈悲な態度ばかり取ることで知られている。

現に今も、ジョセフとリサを見る瞳(ひとみ)には一切の温度がない。彼に近づいて玉砕した女子は星の数ほど多いというのも、あながち間違いではなさそうだ。

彼はその性格と、何者をも寄せつけない実力から〝氷の刃〟と称されているという。

(私と同じ、嫌われ者……)

その一点だけは、ブリジットとユーリの共通点と言えるだろうか。

無論、ブリジットに対する多くの評価は嘲(あざけ)りで、ユーリへのそれは憧憬(どうけい)と嫉妬(しっと)に起因するものなのだろうが。

そして現在。

そんな公爵令息に対し、ジョセフは一方的に突っかかっているようだった。

「ならリサに謝れ。俺の話が聞こえていたならできるはずだろう？」

「……ご要望には承服いたしかねます、殿下」

艶めくような青髪に、切れ長の黄色い瞳をさらに細めたユーリは目が覚めるほど美しい青年である。

色白なため、一見すると女性と見紛うほどの端正な容姿で、背丈もそう高くはない。

それなのに、陰から覗くだけのブリジットさえ圧倒されるほどの迫力に満ちている。

そう思わせるのは、眼差しがあまりにも冷淡だからだろうか。

それこそ、その視線ひとつだけで相手を斬りつけられそうだと思うほどに。

「私はセルミン男爵令嬢に特別に冷たい態度など取っていません。強いて言うならば、他のどの人間に対しても同じように接しておりますので」

「いけしゃあしゃあと……っ。彼女は王族である俺が懇意にしている令嬢なんだぞ！」

「それは、私個人に何か関係があるのでしょうか？」

興味がなさそうに眉を寄せるユーリに、ジョセフが腹立たしげに唸っている。

しかし今のやり取りで、だいたいの事情が摑めてきた。ブリジットは密かに息を吐いた。

（セルミン男爵令嬢に冷たい態度を取った彼に、ジョセフ様がお怒りになった……）

……なんて馬鹿らしいのだろう、と思う。

これからもジョセフはそんな風に、気に入らない周りの人間を脅しつけるのだろうか。

リサを虐めたと決めつけて、ブリジットを断罪してみせたように。

出会った頃の——優しくて思いやりがあったジョセフは、いったいどこに行ってしまったのか。

そんなことを考えていたら、ジョセフの背中越しに……ユーリと目が合ったような気がした。

ぎくり、とブリジットの身体が強張る。慌てて首を引っ込めた。

（……気づかれた？）

聞き耳を立てているのが知られたとなっては、外聞が悪いどころの話ではない。

ブリジットは足音を立てないよう気をつけながらその場を離れた。

いまだに背後ではジョセフの怒鳴り声が響いてくる。次第に、人も集まりつつあるようだ。

先日のブリジットと同じようにユーリも生徒たちの前で晒し者にされるのだろう——そう思ったが、彼はブリジットのように不様な笑いものにはならないのだろう、とも同時に思う。

ジョセフに何を言われようと揺らぐことなく、自分を貫き通していたユーリ。

（冷たくて、素っ気なくて、愛想なんてなくて……）

——でも、そんな不器用な在り方が。

ほんのちょっとだけ格好良いかもしれない、と密かに思ったのだった。

その日の放課後。

授業を終えたブリジットは、図書館へと向かっていた。

というのも学院での成績は下から数えた方が早いくらいなのだが、ブリジット自身は本来、別に読書や勉強が不得意ではなかった。

むしろ、好きなほうだと思う。多くの人間から馬鹿にされるブリジットだが、物語の本や教科書は、ページを開いた人間によって差別をしないものだ。

(ジョセフ様……ジョセフ殿下には、『馬鹿が寄りつく場所じゃない』って言われていたけど)

心の中で言い直しながら、思う。

(もう私は彼の婚約者じゃないんだから、勝手にしていいわよね?)

フィーリド王国の王都外れにある、周囲を森に囲まれたこの学院の名はオトレイアナ魔法学院という。

契約精霊を持つ貴族の子息令嬢のみが入学を許された、最も実績あると謳(うた)われる学舎(まなびや)である。

石造りの立派な学院の、東側に位置するのが魔法実験棟で、その裏手にあるのが図書館だ。

広大な敷地面積を誇る煉瓦色の建物の本棚には、魔法書や、教科書にも載っていないような歴史を綴(つづ)った書物が溢(あふ)れている。

ジョセフという後ろ盾――と呼んでいいのかは微妙だが、彼の庇護(ひご)を失った以上、自分のことは自分で守らなければならない。

メイデル家は義弟が継ぐことが決定している。メイデル家の遠い親戚筋の少年で、炎の最上級精霊と契約したために父が養子として引き取ったのだ。

別邸に閉じ込められているブリジットは、弟とはほとんど会ったこともなかった。

下の学年に居るはずなのだが、学院でも見かけたことはない。向こうもきっと、ブリジットとの接触は禁じられているのだろうが。

(彼に何か、思うところがあるわけじゃないけど)

弟が居る以上、ブリジットの存在は不要だ。

そう遠くない未来に、家を追い出される……なんてことも、十二分にあり得るだろう。

それが分かっているからこそ、我が儘で傲慢な女という風評に流されたままでいるわけにはいかなかった。

ブリジットがそう思ったのは、多分に、昼間見たユーリの影響があった。

彼の姿を見ていて、強く思ったのだ。

(私は、私を取り戻さないといけない)

うまく言えないけれど、そんな風に感じたのだ。

ありのまま。ただ心の思うままに、進んでいけるように。

(化粧も……むやみやたらに濃くするのはやめようかな)

白粉(おしろい)を塗りたくった頬(ほお)に触れながら、ふと思う。

そんなことを言ったら、シエンナたちは泣いて喜ぶのではないだろうか。

もともと、「お嬢様は顔立ちが華やかでいらっしゃいますから、もっとシンプルなお化粧のほう

のは自分だ。

が絶対に似合います」と言ってくれていたのだ。それを遠ざけ、ジョセフの言いなりになっていた

(化粧だけじゃない。喋り方とか……笑い方とかだって)

人を小馬鹿にするような態度や物言いは好ましくないものだ。

「オッホッホ」なんて扇子を持って高笑いするのも、どれだけ恥ずかしかったことか。

ピンク色の派手なドレスだって好きじゃない。本当は、もっと清楚で上品な格好に憧れている。

悪評高きブリジット・メイデルの姿は、いろんな人の目に焼きついているだろうけれど。

ちょっとずつでいいから前に進みたいと、そう――思うものの。

(まずはふつうの喋り方からよね……)

先は長そう、と落ち込みながら歩いていたら、いつの間に図書館に着いていたらしい。

学院の外からも多くの知識人が訪ねるという図書館の中は、意外と人気が少なかった。

受付の司書たちが、ブリジットを見てぎょっとした顔をしているが……会釈すれば、おずおずと返された。

だが、とても話しかけられるような空気ではない。館内図を見て、目当ての本は自分で探すことにする。

(えーっと………あ、あった)

さっそく分厚い古書を発見し、胸に抱えるようにしながら席に着く。

広々とした閲覧スペースにはまったく人の姿がない。本当は借りていこうと思っていたが、これ

ならこの場で読書に耽ってもいいだろうと思ったのだ。

ブリジットが手に取ったのは、『精霊大図鑑』というタイトルの本である。

古今東西、数え切れないほど存在しているという精霊たち。

普段は精霊界で自由気ままに暮らしているという彼らには謎が多いが、人と契約した精霊については絵にされ、情報が本にまとめられているのだ。

上位の精霊は――例えばブリジットの父が契約しているイフリートなどをはじめとして――人の言語を使いこなすこともできるので、図鑑には精霊の種類の前に、彼らが語ったとされる精霊界の決まりごとや、その景色をイメージした挿絵が収められていた。

ブリジットは精霊が、そして彼らの住む色鮮やかな世界が大好きだ。

だから本を読むとき、いつもブリジットの表情は幼い子どものようににこにこと緩んでしまう。

……もちろん、本人に自覚はないのだが。

（虹が架かった滝ではなく、滝がそもそも虹色の水で溢れている。美しさに見惚れてうっかり水を飲んでしまうと、大抵の場合は吐き気に襲われるので、注意が必要）

幻想画の数々が見開きで描かれているページには、瞬きも忘れて魅入ってしまう。

炎精霊は火花を吐いて、水精霊は泥を吐いて、風精霊は息吹を吐いて、光精霊が溜め込んだ光を吐き出すと、あたり一面はまばゆいほどに輝き、その日は夜が訪れないのだという。

だから浮かれた祭りをしたいときは、光精霊に虹を飲ませてやるのがオススメなのだとか。

（ゴツゴツとした岩肌を叩くと、惰眠を貪っていた小さな精霊たちが転がり落ちてくる……。あら、誰かがくしゃみをすると、空と大地が逆転しちゃうの？　ふふっ、面白い……）

精霊たちの自由な生活があんまり愉快でおかしくて、思わずくすりと笑ってしまう。

そして次のページを捲りながら、何気なく顔を上げてみて——ブリジットは目を疑った。

（えっ？……ユーリ・オーレアリス？）

いつの間にそこに居たのか。

二列隔てた席に、ユーリが頬杖をついて座っている。

手元の本に目線を落としながら、窓から射し込む陽射しを浴びた彼の姿は、一枚の絵画のように美しく……思わず視線を奪われそうになった矢先に、ユーリが顔を上げた。

大慌てでブリジットは、図鑑に目を落とした。

座学も実技も、ユーリは他者を寄せつけないほど優秀だ。

だから彼が図書館に居るのは決しておかしなことではない。

だが数時間前、ジョセフに糾弾される姿を覗き見したような格好になってしまったのが後ろめたかったのだ。

（でも、今さら謝るのも変よね……）

そんな風に思い、ブリジットは気にせず読書を続けることにした。

——それから、その翌日も。

——またその翌日も、同じことが続いた。

ブリジットが本を読んでいると、気がつけばユーリも姿を見せ、静かに読書をしている。

ユーリが本を読んでいるときに、ブリジットがひっそりと着席することもある。

ブリジットがいつも同じ席に座るように、ユーリにとっての定位置が、ブリジットの二列向こうの向かいの席らしい。

ユーリはブリジットの存在など歯牙にもかけなかった。もはや、認識しているかどうかも怪しい。

だが、いつも誰かに姿を見られれば虚仮にされていたブリジットにとって、ユーリの無視はむしろ気楽に感じるくらいだった。

そしてそんな日々が続いたある日のこと。

「…………あっ」

「…………」

ブリジットが本を取ろうと伸ばした手が、ユーリと重なってしまった。

指先が僅かに触れ合って。

ユーリと、至近距離で目が合った。

(こういうの、ロマンス小説とかで読んだことあるわ……)

いつもよりほんの少し、心臓が速いスピードで動いている。

黄色みの強い切れ長の瞳は、近くで見ると黄水晶のようにきらめいて見えた。

そしてその真ん中に、口を半開きにした自分の姿が見えて――。

何か考える前に、ブリジットの唇は動いていた。

「……手、退けてくださいます？　わたくしが先に読もうとしたんですから」

つっけんどんに言い放ってから。

……数秒後にサァッと顔から血の気が引く。

（やっ、やってしまった……！）

長年のクセは、そう簡単に抜けないとは言っても――公爵家の令息に対し、なんと礼儀を欠いた物言いだろうか。

しかしユーリは表情ひとつ変えず、抑揚に乏しい声で言った。

「……これ、お前も読みたいのか？」

思いがけない問いに、ブリジットは目をぱちくりとする。

冷酷無慈悲な人物だと、そう聞いていたが……ブリジットの言葉遣いを咎めもしないなんて、実は心の広い人なのだろうか？

「え、ええ。そうですけど」

「そうか」

なんて、気を緩めた一瞬の隙を突いて。

ユーリの手がさっと本棚から本を掠め取った。

「あっ！」

文句をつける暇もない。

ユーリは振り返りもせずいつもの席に向かい、何事もなかったように着席すると本を読み始めたのだ。

取り残されたブリジットは、愕然とするしかなかった。

（……な、何よ今の⁉）

騙し討ちで話しかけ、気を抜いたところで容赦なく本を奪っていくとは。

これが高位貴族のやることか！　と憤慨しながらも、自らの放った一言目も負けず劣らず失礼だった手前、正面から抗議することもできない。

納得いかず、ぐぬぬと口の端を引き攣らせながらも、ブリジットは他の本を手にして着席した。

本を長机の上に立てて開き、隙間からじっとりとした目で盗み見てみるが……ユーリはいつも通り頬杖をついて、涼しげに本を捲っていて。

ムカムカしつつも、ブリジットも手元の本に集中しようと目を落とす。

……だが、当然と言うべきか、ユーリの行いへの苛立ちばかりが募り、まったく本の内容に集中できない。

（今日はもう、貸し出し手続きだけして帰ろうかしら……）

そう溜め息を吐いたときだった。

頭上に影が差し、不思議に思って見上げてみると――

「おい」

「……っ⁉」

――そこにユーリが立っていたので、ブリジットは硬直した。

（え？　何？……殴られる⁉）

身構えるブリジットに向かって、彼は何かを突き出してきた。

怯えつつ、よくよく見てみればそれは、先ほど取り合った一冊の本で。

年季の入った革表紙に手彫りされた美しい風の精霊が、ブリジットに微笑みかけている。

「必要なところはすべて頭の中に入れた」

彼の言葉を理解して、ブリジットは唖然とした。

つまり、もう自分には必要ないから読めと――そういうことなのだろうか？

（もしかして先に本を持っていったのは、そのために……？）

というのはいささか以上に、希望的観測かもしれないが。

やはりユーリは、噂よりも優しい人なのかもしれない。分かりにくいことこの上ないが。

（しかも頭の中に入れたって……数百ページはあるんだけど）

「あ、ありが……」

「この本を知っているのか？」

ぎくしゃくとお礼を言おうとしたが、その前にユーリは、腕組みをして問いかけてきた。

ブリジットは惚けつつも曖昧に頷く。

「え？　ええ、まあ。一応……」

「そうか。意外だ」

……カチン。

そのとき、鳴ってはならない音がブリジットの頭の中で響いた。

（……これ、馬鹿にされてるわよね？）

そうと分かれば黙ってはいられない。

今までは、面と向かってどんな言葉を投げかけられても、オホホと高笑いしてきたのだが……もう今までの自分で居るつもりはないのだから。

ブリジットは静かに立ち上がり、渡された本の背表紙をびしりと指さした。

「これは……『風は笑う』の原書ですわよね？」

「……そうだが？」

それがなんだ？　と言うような表情で見返してくるユーリ。

ブリジットは彼の迫力に呑まれまいと声を張った。

「『風は笑う』の著者は故人のリーン・バルアヌキ氏。精霊研究の第一人者としてよく知られた人物です。ご自身は下級精霊と契約したものの、親友の契約精霊であるシルフィードと親しくなり、よく言葉を交わしたと言われています」

「………」

「そんなリーン氏が、シルフィードが語って見せた精霊界の風景を、物語調に書き綴ったとされるのがこの本の内容で――およそ人間の常識では計り知れない内容を、しかも精霊の使う言語のようなものを用いて書いたことで、その特異さから一躍有名となりました。内容についての見解は、翻訳者によって千差万別。いまだに統一解は見つからない謎多き作品と言われています。

シルフィードがわざわざリーン氏に自分たちの言語を教えたことからも、両者は恋仲……あるいは家族に近いような関係だったと考察する論文もありますわね。『風は笑う』はリーン氏から精霊に贈った恋文ではないかという見解も。わたくしはこのお話の読者のひとりとして、あまり両者を安直な表現では結びつけたくないと感じましたが」

ブリジットが淀みなく本の内容を説明してみせると、ユーリが僅かに驚いたような表情を見せる。

「――お前、本当にあのメイデル伯爵家の娘か？」

「ええ、そうですわ。ご挨拶が遅れましたが、わたくしはブリジット・メイデルと申します」

鼻を明かせて気分良く、ブリジットは優雅に一礼してみせる。

するとユーリは首を捻り、顎に手を当てた。

そして数秒の沈黙のあと……何を言い出すかと思えば、である。

「……おかしいな。第三王子の婚約者は手のつけられない馬鹿娘だと聞いていたが」

「ああ違うか。婚約破棄されたと聞いたな、つまりただの赤毛の馬鹿娘」

「な……っ」

「ななな……っ」

ブリジットは屈辱のあまり顔を真っ赤にしてしまった。

（めっ、――面と向かって言うの、それ⁉）

ただ、思ったことを淡々と口にしているという風で、悪意を感じないのが恐ろしい。

ブリジットは机の下で拳を握った。なんと非常識な男なのだ、ユーリ・オーレアリス。

「あ、あの。館内ではお静かにしていただけますか……」

そのとき、怖々近づいてきた司書の女性が注意してきた。

ここで働く職員は、爵位のない平民が多いと聞く。他の生徒から嫌われがちなブリジットとユーリを相手にしては、そりゃあ注意するのも怖ろしかったことだろう。

ブリジットは申し訳なく感じたが――ユーリはそちらをちらりと見ると。

「すみません。静かにするよう僕からも言っておきますので」

(私のせいみたいな言い方やめてくれない⁉)

ブリジットがうるさくしているのはユーリのせいで、最初に話しかけてきたのだってユーリのほうだ。

……つまり悪いのはユーリだと思うのだが、彼は呆れたような目でブリジットを見てきた。

「図書館での大声での会話はマナー違反だ。無論、お前のように大したことのない蘊蓄を勝手に垂れ流すのはもっと悪い。少しは周りの迷惑を考えろ」

ブチッ。

頭のどこかで音がした。

やっぱり、鳴ってはならない音だと思う。

ブリジットはこめかみに青筋を浮かべながらも、にっこりと微笑む。

「……オーレアリス様。ちょっといいですか?」

「なんだ。僕はお前に付き合うほど暇じゃないんだが」

「すぐに終わりますので」

「…………」

ブリジットが引き下がらないと見て取ると、ユーリは面倒くさそうに溜め息を吐いたのだった。

渋るユーリをブリジットが無理やり連れ出した先は、図書館入り口から脇道(わきみち)にある庭園だった。

庭師が毎日丁寧に手入れをしている庭園の、舗装された石畳の道を歩いていけば、その先の階段脇(わき)に小さな四阿(あずまや)がある。

先に座れば、ユーリは嫌々という顔のまま向かいの席へと腰を下ろす。

ブリジットは彼の整った顔を正面から睨みつけた。

ここでなら、大声を出しても誰にも文句は言われまい。

「——あのですね、オーレアリス様」

「なんだ」

「馬鹿に馬鹿と言うのは良くありません」

ユーリがぱちくりと瞬きをした。

ブリジットはくどくどと説教を続ける。

「以前、本で読んだことがあるのです。馬鹿に馬鹿と言うと、ますます馬鹿になるのですって」

「…………」

「言葉には魂が宿る——と、古来より言いますもの。魔法だって、詠唱がなくては発動しないではありませんか」

「僕は無詠唱でも魔法は使えるが」

(黙らっしゃい！)

誰も彼もがユーリのような天才ではないのだ。彼の常識で語られては困る。

「つまり、わたくしに向かって馬鹿と言うのをやめていただきたいのです！」

ブリジットが毅然と言い張ると、ユーリはしばらく沈黙した。

二人の間を、風がそよそよと流れる。ブリジットはユーリから目を逸らさぬままに、風に遊ばれる長い髪の毛を片方の耳へとかけた。

するとユーリがぽつりと呟く。

「……そもそも僕は、別にお前を馬鹿だとは言っていない」

(え？…………そうだった？)

けっこう馬鹿馬鹿言われていた気がするのだが。

「知性の欠片もない、手のつけようのない馬鹿女だと聞いていた。だが『風は笑う』を、原本のみならず読み込んでいる様子だったし……噂というのも信用できないものだと思っただけだ」

それからユーリは、ブリジットのことをじっと見つめた。

「お前、馬鹿の振りをしていたのか？」

事実を言い当てられて。

――静かに狼狽えるブリジットの動揺が、肯定であると感じ取ったのだろうか。

ユーリは眉間に皺を寄せた。ただ心底、意味が分からないと言いたげに。

「なぜだ？」

「…………」

だがブリジットは、なかなか返事ができずにいる。

というのも、先ほどまでは彼への注意で必死になっていて、あまり意識していなかったが……この彫刻のように輝く美貌の主に見つめられるというのは、いささか以上に緊張する。

しかもなぜだか、ユーリはブリジットの事情に踏み込もうとしている。

（他人に興味なんてないはずの、〝氷の刃〟が……）

そのせいだろうか。

「……し、信じられないかもしれませんが。もともとわたくし、内気で弱っちい小娘だったのです……」

誰にも話すつもりなんてなかった過去を――気がつけばブリジットはぽつりぽつりと、語り出していたのだった。


幼少期から今までの話を、ブリジットは訥々と話し続けた。

といっても、両親との確執については省略した。聞かせて楽しい話ではないからだ。

その間、ユーリはほとんど相槌も打たずに静かに聞いていた。

そのおかげか、わりと落ち着いて、言葉に詰まることもなく。

ブリジットが、一方的な婚約破棄の顛末まで語り終えたあとである。

「お前は馬鹿なのか？」

（また言ったー！）

ブリジットはショックのあまりテーブルに突っ伏しそうになった。

しかし腕組みをしたユーリは、それこそ理解できない生き物を見るような目でブリジットを見ている。

「婚約者の命じるがままに化粧や服装を変えて、喋り方や性格まで変えたって……そんなことになんの意味がある？」

ごもっともである。

ブリジットは言葉に詰まったが、それでもなんとかゴニョゴニョと口を開いた。

「でも、そういう……そういうものなんですわ。人を好きになるって」

自分でも情けなくて、目頭が熱くなるし、声も震えるけれど。

確かに、ジョセフのことが好きだったのだ。

彼の好みの女性に近づきたかった。彼に可愛いと思ってほしかった。

ただその一心で、十一年も過ごしてきたのだ。

すべて、今では無駄だったと分かっているけれど――必死に努力した自分のことだけは、否定したくない。

「他人からは理解されないような馬鹿げたことでも、その人に愛されるためならと、平気でやってしまって……今になって思えば、確かに馬鹿馬鹿しいことなんですが」

色恋沙汰にはまったく興味のなさそうな冷めた眼差しが、ブリジットを見る。

「そうか」

だが、不思議と声色には優しげな響きが宿っていた。

いつの間に俯いていたブリジットが顔を上げると、ユーリは正面のブリジットではなく、どこか遠くを見るような眼差しをしていた。

「僕にはよく分からないが……なら、お前に恋されたジョセフ殿下は幸せだったんだろう」

「………………！」

その一言が。

信じられないほどまっすぐに響いて、ブリジットは目を見開いた。

（そんな風に……誰かに、言ってもらえるなんて）

夢物語のような言葉が、胸に染み渡る。

だってそれはジョセフのためではなく。

ただブリジットのために告げられた言葉だと分かったからこそ。

（私の努力が……報われた、ような）

「だが、それは単なる言い訳なんじゃないか？」

「…………………は？」

しかし感動のあまり瞳を潤ませていたブリジットは、その一言に我に返った。

そう、彼女は完全に油断していた。

そう、なんせ目の前の男は〝氷の刃〟——血も涙もないと語られる公爵令息なのである。

「ただフッーにお前はすごく馬鹿なんだが、それを恋のせいにしたという……」

「は⁉」

(フッーにすごく馬鹿って何⁉)

なんてことを言うのか。

思わずブリジットはテーブルをばしんと打って立ち上がった。

「言うに事欠いてっ……！　恋する乙女に失礼極まりないですわよ、オーレアリス様っっ！」

「……やかましい。お前の声はキンキンと耳に響く」

「誰のせいだとお思いで⁉」

うざったそうに両耳に栓をするジェスチャーをされ、ますますブリジットはムカついた。

「わたくし、こう見えても赤子の頃は〝神童〟と呼ばれていましたのよ！」

「馬鹿親は得てしてそういう言葉を使いたがるな。僕もよく呼ばれたものだ」

減らず口をたたくユーリに、ブリジットの底が破けた堪忍袋の緒も切れてしまったようだった。

冷静さを取り戻さないままに、ブリジットは低い声で言い放った。

「……なら勝負ですわ、オーレアリス様」

「勝負？」

「次の筆記試験で……どちらが上を取れるか、勝負しましょう」

きょとんとするユーリ。

「僕は入学してから今まで、すべての試験で首席だが」

「……ええ、もちろん存じ上げておりますが。ですが、わたくしも負ける気はありませんわ」

翠玉（エメラルド）の瞳に炎を孕（はら）ませ、ブリジットが告げると。

不思議と寒々しい黄水晶（シトリン）の瞳を、ユーリが細める。

立ち上がるなり彼は、悪役然とした笑みを浮かべて真っ向から返してきた。

「……いいだろう。その勝負に乗る」

ブリジットはその言葉に内心驚いた。

もしかすると——意外と負けず嫌いなのだろうか。

「勝負事なら、何か条件があったほうが面白いんじゃないか」

そんなことまで付け加えられ、何も考えていなかったブリジットは顎に手を当てて四阿の屋根を見やった。

「そうですわね。陳腐ですが……負けたほうは、勝ったほうの言うことをなんでもひとつ聞く……とか？」

「分かった」

軽い提案だったが、あっさりと了承される。

ブリジットは逆に狼狽（ろうばい）した。

というのも、自分の言動は——振り返ってみると、問題だらけだった気がする。

仮にも公爵家の子息に対して、だいぶ生意気な口を聞いてしまったような。

尻込みしたわけではないが、だんだんと不安になってきた。

(ただじゃ済まされないかも……)

「あの、暴力とかは禁止の方向で……」

「お前は僕をなんだと思ってるんだ」

憮然と言い返すユーリに、ブリジットは戸惑いつつ頷いた。

(し、信じてみるしかないわ……)

――こうして、ひょんなことをきっかけに。

無能と蔑まれる悪役令嬢と、天才と敬遠される悪役令息の、二人きりの勝負が始まったのだった。

(うわぁ、何あれ!)

覗き込んだ隣のクラスの様子を見て、リサは耐えられずに吹き出していた。

視線の先には、ブリジット・メイデル――ほんの数日前、婚約者だった王子に婚約破棄を告げられた女の姿がある。

高慢なブリジットのことだから、きっとクラスでも惨めに、きぃきぃとあの甲高い声で騒いでいるのではないかと思ったのだ。

だが実際は違った。リサの想像以上の光景が、目の前で繰り広げられていたのだ。

ブリジットは、窓際の後ろの席――自分の席に着いて、机に向かっていた。

机の上には教科書と参考書が所狭しと広げられていて……それに熱心に目を落としながら、右手をノートの上に滑らせている。

それが何を意味するのかは、考えるまでもなく。

(もしかして、勉強してるの……？　あ、頭悪いのにっ……!?)

あまりにも滑稽で、大声を出して笑いそうになる。

今さら何を学んだところで、あの空っぽの頭に何かを詰め込めるわけもないだろうに。

いや、むしろ頭が悪いから、ああやってなりふり構わない姿を周りに見せられるのだろうか？

(『なんにもダメージを受けてません』アピールのつもりなら、ますます笑えるわ)

現に、他の生徒たちもそんなブリジットを避けるように振る舞っている。

だが当の本人は、何も聞こえない振りを必死に続け、勉強に集中しているような演技をしているのだ。

(あんな女、ジョセフ様に捨てられるわけだわ……)

心の中で毒づきながら、リサは思い出す。

ブリジットから奪い取ることができた婚約者――ジョセフとの出会いのことを。

――ジョセフ・フィーリド第三王子。

リサにとって彼は、まさに物語の中に出てくる王子様のような完璧な人であった。

輝かしい金髪と、同色の瞳。

背は高く、佇まいには王族らしい気品と華がある。

その美貌と、口元に浮かんだ柔らかな微笑みで、彼は学院中の女生徒をときめかせてやまない存在だ。

幸運なことに、ジョセフとリサはクラス分けで同じクラスに配属された。

学院の掲示板に貼り出されたクラス表を見たとき、リサは舞い上がるほどに嬉しかった。

まさに夢のようだ、と思った。一生、会うこともできないほど遠いおとぎ話の中の人と、近しくなれたように感じたのだ。

だが王子であるジョセフと、貴族といえども男爵家の令嬢でしかないリサとの距離は思った以上に離れていて――彼と話す機会なんて、一度も訪れはしなかった。

転機となったのは、学院に入学して半年近く経っての薬草学の授業だ。

偶然、班分けでジョセフと同じ班になったリサは、それだけで浮かれていたのだが……校外で薬草の採取を行っていると、ジョセフが呟いているのが風に乗って聞こえた。

『これは……』

ジョセフが手にしていた薬草に、リサは見覚えがあった。領地によく生えている種だったからだ。

薬草の名や種類について、リサはジョセフに近づいて説明した。なんとなく、数年前に庭師が話していたのを聞きかじっていたのだ。

あのときは緊張していて、ほとんど何を喋ったか覚えてはいないが……リサが話し終えるとジョセフは優しく微笑んでくれた。

『セルミン男爵令嬢は、とても頭がいいね』

『えっ……』

聞き間違いかとリサは呆然とした。

ジョセフは少し弱ったように眉を下げていた。

『俺の婚約者とは全然違う』

そこでようやく、リサは顔を赤くした。

それが明らかに、褒め言葉だったと分かったからだ。

（ジョセフ殿下が、婚約者を嫌っているっていう噂は本当だったんだわ……）

ブリジット・メイデル。

ジョセフの悪評高き婚約者のことはよく知っている。

婚約者の立場に胡座をかき、貴族にあるまじき振る舞いばかりをする恥知らずな女だ。

心優しいジョセフは、今までそんなブリジットのことを見捨てず寄り添い続けてきた。王国に暮らす者なら誰もが知っている美談である。

だが、そんなジョセフもいよいよブリジットに嫌気が差してきたのではないか。

そう考えると、リサにはジョセフとの出会いが、神様が与えてくれた絶好の機会のように思えてならなかった。

それから、ジョセフとリサは少しずつ話をするようになった。

といっても、王族であるジョセフに積極的に話しかけられるわけもない。彼のほうからリサを気にかけてくれるようになったのだ。

リサは疲れた様子のジョセフをいつも気遣った。

ブリジットを罵り、彼女の対応に手を焼かされているジョセフを労った。

気持ちが通じたのか、ジョセフもリサに心を開いてくれて……ついに二人は、障害を乗り越えて恋人同士の関係となったのだ――。

「ジョセフ様ぁ！」

そして今。

ブリジットをずっと眺めているのもつまらないので、教室へと戻って。

リサはちょうど席を立っていた王子様――ジョセフへと駆け寄った。

人目を憚らずに抱きつこうとすると、肩にそっと手を置かれる。

きょとんとするリサに、ジョセフが耳元で囁いた。

「ここじゃ邪魔が入るかもしれないから、移動しようか」

「は、はいっ」

初心な少女のように、リサは頬を染めて頷く。

そのまま二人で教室を出て行く。そんなリサの姿を、同じクラスの生徒たちは羨望の眼差しで見送った。

廊下ですれ違う生徒たちも、こぞって振り返るのが気持ち良くて堪らない。

下々の者たちの注目を受け、リサは自慢げに髪を靡かせながら、わざとゆっくりとした足取りで歩いてみせた。

冴えない男爵家の令嬢だった以前とは、もう何もかも違うのだ。

王子に見初められたリサに取り入りたいと考える人間だって、予想以上に多かった。

今や多くの取り巻きに囲まれ、彼ら彼女らから、リサは毎日のようにちやほやとされる日々を送っていた。

伯爵家令嬢でありながら、ジョセフから見捨てられたブリジットとは、もはや立場は完全に逆転している。

確かにブリジットは、それなりに美しい見目の少女だっただろう。

だが今や、リサを引き立てるための惨めったらしい小道具のひとつに過ぎないのだ。

（ブリジット・メイデル。アンタはそうして、いつまでも不様に足掻いていたらいいわ）

ほくそ笑んで考えながら。

「ジョセフ様。そういえばブリジットがおかしいんですよ」

人気のない空き教室に辿り着いた直後に、リサがそう話しかけると。

先を歩いていたジョセフが足を止め、リサを振り返った。

「……彼女に会いに行ったの？」

「お可哀想なので、様子を見に行ってあげたんです。そうしたらブリジットは、机に向かって熱心にペンを動かしていて……」

耐えきれずにクスクスとリサが笑うと、ジョセフが驚いたような顔つきになる。

「ブリジットが勉強していたって？」

「ええ、そうです。おかしいですよね！　あんなに馬鹿なんだから、勉強なんてしたって無駄なのに」

「…………」

ふと、ジョセフが黙り込んだが、リサは深く気にしなかった。

きっとジョセフも元婚約者の醜態に呆れているのだろう。そう思うとさらに愉快で、ますます調子づいて言い募る。

「前回の筆記試験だって、最下位に近かったって噂で聞きました。きっと今回もますますひどい結果になるに決まってます！」

「ふふ、そうだね。——そういえばリサも、あまり筆記試験は得意じゃないんだったかな」

「…………っ！」

首を傾げられ、リサは顔を赤くした。

ジョセフの言う通り、リサの成績も良いほうではなく、順位は下から数えるほうが早い。

だが、ブリジットよりはよっぽどマシだ。それが分かっているから、一方的にブリジットのことを嗤っていたのだ。

（でも……）

これは万が一。

あくまで、万が一のことだが……ブリジットが張り切って勉強をして、奇跡的にリサよりも良い点数を取るようなことがあったら。

きっとジョセフはがっかりするだろう。

そう考えると、リサは冷静ではいられなかった。

（……打てる手は、打っておいたほうがいいわね……）

取り越し苦労でも別にいい。どちらにせよ、ブリジットに惨めな思いをさせることができるのだから。

そうしてリサが、ブリジットへの嫌がらせの方法について思案していると。

ふいに――ジョセフに強引に抱き寄せられた。

「あっ……」

彼の腕の中、リサは甘い吐息をこぼす。

こんな風に、ジョセフに強引な一面があることだって、きっとリサだけしか知らないことだ。

そう思うとますます嬉しさが増していって、リサはゆっくりと目を閉じた。

しばらく、幸せな時間が続いたあと。

リサはドキドキと胸を高鳴らせて問うた。

「あの……ジョセフ様。婚約はいつにしましょうか？」

「え？」

ジョセフが首を傾げる。

そんなジョセフを見上げ、リサは瞳を潤ませてみせる。

「婚約、というか……両親にも、そろそろ報告したいですし」

「……そうだね……婚約を破棄した直後に他の女性と婚約するというのは、体裁が悪いから。噂が出回らなくなってからがいいだろうね」

その回答には、いささかムッとしたが……表情には悲しさだけを演出した。

（まぁ、仕方ないんだろうけど……早く公式に、王子の婚約者として振る舞いたいわ）

「もちろん、俺もすぐにリサと婚約したいんだけど」

「ジョセフ様……」

しかしそんな彼の言葉にまた嬉しくなって、リサはジョセフに身体を寄せる。

リサの腰を抱いたジョセフは、至近距離でにっこりと笑ってくれた。

それを見て、リサはうっとりと噛み締める。

（ああ、あたし……本当にこの素敵な王子様の、お嫁さんになれるのね……）

――そのとき、幸せの絶頂にあるリサは気がついていなかった。

惚けたわけではなく、きょとんとした――何を言われているのか分からないというような、ジョセフの表情の意味には。

「……ねぇブリジット。どうしてあなたは、もっと頑張れなかったの?」

幼いブリジットは、震えている。

母に抱きしめられながら、耐えられずに震え続けている。

口調ばかりは子を労るように優しい母の言葉は、実際はひどく刺々しい響きばかりを孕んでいて
――ブリジットは見開いた両の瞳から、ぽろぽろと涙をこぼし続けていた。

なおも、母は続ける。

自らを哀れむように溜め息を吐きながら、父に焼かれたブリジットの包帯だらけの手を熱心に見つめながら、何度も繰り返す。

「あなたのお父様はイフリートと契約した、立派な方なのよ。おじいさまもそうよ。メイデル家はずっと………。それなのにどうして、あなただけが駄目な子なの? 私が……悪かったの? 私がいけないの?」

――ごめんなさい。ごめんなさい、おかあさま。

ブリジットは必死に謝った。

実際は、声はうまく出ていなかったかもしれない。それほどの恐怖と緊張と、母への罪悪感で……頭がいっぱいになっていたから。

母は虚ろな目をして、そんなブリジットを見下ろす。

「他の男の子どもなのか、それとも取り替え子なのかって、あの人も信じられないことを言うものだわ。この品の悪い赤毛はどう考えたってあの人の血じゃない。そうよ私はもともと、粗暴な炎の

一族なんかに嫁ぎたくはなかったわ……」

――ごめんなさい。でもおかあさま。私ね、私………。

「………おい。大丈夫か？」

目を開けてからもしばらく、ブリジットは反応を返すことができなかった。

全身の鳥肌が立っていて――頬を冷や汗が伝っていって。

それをどうにか誤魔化すために、乾いた唇を開いた。

「……ええ、平気ですわ」

ひび割れたような声音は、我ながらひどく聞き取りにくいものだった。

いつの間にそこに居たのか、目の前の彼――ユーリ・オーレアリスは形の良い眉を顰めてみせる。

「とてもそうは見えないが」

ブリジットが入館したときも、数えるほどしか利用者は居なかったが、今や自習スペースには二人の他に誰の姿もない。

窓の外の景色を見ると、既に薄闇が広がっているから、一時間以上は寝てしまっていたのだろうか。

きっとユーリも、この静かな図書館で自習に励んでいたのだろう。

それで眠りこけているブリジットの姿に、苛立って注意してきたに違いない。

「……すみません。図書館で居眠りしてしまうなんて」

「居眠りというより、気絶に近いんじゃないか？」

指摘に言い返せず、ブリジットは押し黙る。

手にしたままになっていたペンを、ぎゅうと握った。

ブリジットが寝る間も惜しんでの猛勉強を始めたのは、そもそも目の前のユーリとの勝負事がきっかけである。

三週間先の定期試験での点数を競うこと――そして、負けたほうは、勝ったほうの言うことをなんでもひとつ聞かなくてはならないという条件つきの勝負だ。

別に、ほぼ初対面に近いユーリを相手に何かお願い事があるわけではないが、馬鹿女馬鹿女とけなされたブリジットとしては、ここで一矢報いたいという思いである。

もともと、勉強は嫌いではない。

新しいことを学ぶのは楽しいし、長時間、机に向かうのだって苦ではない。

今までだって休みの日は教科書や本を読んで過ごしていたくらいである。

学院での成績は散々なものだが――それはジョセフの言葉を聞き入れて、そのように振る舞っていたからだ。

（まぁ、精霊の加護が薄いから、実技はどちらにせよひどいものなんだけど……）

ここ数日は自室のみならず教室でも、休み時間となると教科書とノートを机の上に広げ、黙々と勉強をして過ごした。分からないことがあればすぐさま教師に質問をした。

そんなブリジットを「乱心か」と笑う声も聞こえてきたし、ある日はリサが覗き見てニヤニヤとしているのにも気づいていたが……そんな雑音、ユーリへの対抗心に燃えるブリジットにとってはどうでもいいことだった。

(それに私には、夢があるもの)

ブリジットの夢。

幼い頃からのその夢も、今では口に出せなくなって久しいが。

すべての学習は、夢を叶えるための道に繋がっている。

それが分かっているからこそ、勉学に手は抜けないのだ。

……だが、そう考えるたびに、その夢そのものが母への裏切りなのではないかとも思う。

上級精霊と契約できなかったブリジットは父の跡を継げない。きっと将来、メイデル家に籍を残すことも許されない。

今後ひとりで生きていけるように努力することは、決して悪いことではないはずだが。

それでも。

いまだにあの、母の——ゾッとするほど冷たい腕の中に閉じ込められているような気がして。

小さく身震いするブリジットの頭上から、無感情な声が降ってきた。

「それで、どうする。今のうちに降参するか?」

何を言われたか分からず、ブリジットは顔を上げた。

ユーリは目にかかった横髪を、軽く直しながら気のない声で言う。

「負けると分かっている勝負だ。無理をして体調を崩すより、早めにリタイアしたほうがダメージが少なくて済むぞ」

（な、なんですって……）

相も変わらずの上から目線の発言に、ブリジットの表情筋が思いきり引き攣る。

それに気づいているのかいないのか、ユーリの口撃は止まらず。

「残念だが、今さら毎日の勉強時間を少し増やした程度では僕には勝てない。お前も分かっているんじゃないか？」

「…………っ！」

ユーリの言っていることは、言い方はともかく明らかに正論で。

でも、やっぱり、ブリジットは「はいそうですか」と頷きたくはなかった。

だってそんなのは、まるで……夢の中で震えていた少女のすべてを、否定するようだったから。

（負けたくない！）

ただその一心で。

ブリジットは勢いよく立ち上がると、ユーリの胸元を指さして叫ぶように言い放った。

「勝負の結果は、まだ分かりませんし――そうやって調子に乗っていると、わたくしに負けたときが恥ずかしいですわよっ！」

広い館内に、甲高い声が響き渡る。

ユーリはほんの少しだけ、驚いたように目を見開いていたのだが……それも数秒後には元に戻っていた。

「……そうか」

「そうですわよ！」

「威勢よりも立派な試験結果を残してやりますわ覚悟あそばせっ‼」

「あ、あの。もう少しだけ、どうか、どうかお静かに……」

……が。

またもや、扉の隙間から顔を出した眼鏡の女性司書に注意されてしまって。

「……し、失礼しましたわ」

ブリジットは顔を赤くして口元を押さえた。

（私ったら、またうっかり……！）

ここは図書館で、沈黙を尊ぶべき場所である。

自習スペースには人気はないが、本棚の側は別だろう。

もしかして生徒から苦情が来て、わざわざ司書が注意に訪れたのかもしれない。

そろそろうるさすぎて入館拒否とかされてしまうかもしれない。それは困る。まだ読みたい本はたくさんあるのだ。

（今後は気をつけないと……）

ひとりで赤くなったり青くなったりしていると、まだ目の前に立っていたユーリが小さく息を吐いた。

「では、僕は失礼する。小鳥の甲高い鳴き声を間近で聞いたせいか、耳鳴りがするんだ」

「……それはそれは。お大事になさってくださいませ、オホホ」

嫌みと分かってはいたが、気づかない振りをして見送ってやる。

すると背中を睨んでいるのがバレたのか、扉を開いたところでユーリが振り返った。

「なっ、なんです?」

「……お前も」

「はい?」

「お前も体調が悪いなら医者に罹ったほうがいい」

それだけ言って、ユーリはさっさと出て行ってしまった。

残されたブリジットは、しばらくポカンとして……それから、ユーリの言葉をゆっくりと反芻する。

暗に医者に罹るほど、ブリジットの声はやかましいと文句を言いたかったのか。

それとも、もしかすると。

(……私のことを気遣ってくれたの?)

ブリジットの体調が悪そうだったから、さっさと寝ろという意味で言ってくれたとか――。

……そんなことを思いついてから。

ブリジットはふるふると首を左右に振った。

(いや、まさかね)

でも、敵にこれ以上、弱味を見せるわけにはいかない。

今日からは自習のペースは落とし気味にしよう……と方針を改めつつ、ブリジットは開いたままのノートを片付けに取り掛かるのだった。

第三章 波乱の筆記試験

（ついにこの日が来たわ……っ！）

試験当日の朝。

ブリジットは普段より一時間も早く起きると、支度を終えて家を出た。

馬車に揺られる間、さすがに教材を開いたりはしなかったが……窓の外の景色に目をやりながら、頭の中で苦手な試験範囲を振り返っていく。

筆記試験は、今日一日の日程を使って行われる。

科目は人理学、歴史学、魔法基礎学、魔法応用学、精霊学、薬草学の計六つだ。

中間試験であれば、翌日に実技試験があるのだが、今回はその心配をしなくていいのが救いだった。

教室に着くと、さっそく席でノートを広げ、最後の復習に取り掛かる。

（魔法学の多くは精霊と絡むから、覚えやすくていいのよ。薬草も、精霊が好む種が多いから頭に入りやすいわ）

精霊中心で頭が回っているブリジットは、同様の理由で歴史学も大の得意である。

なぜなら、王国の歴史は精霊と共に歩んできているからだ。

――ただし今回、ブリジットが相手にするのは天才と称えられるユーリ・オーレアリス。

一問たりとも落とさない、という気合で臨まなければ、彼には絶対に勝てないと思う。

（……いいえ、私は勝つ！　勝ってあの男に吠え面をかかせてやるわ……！）

ブリジットは決意に燃え、一限目の人理学のノートを捲った。


――午前中は三科目の試験を終えて。

確かな手応えを感じつつブリジットは、食堂での食事を済ませて教室へと戻っていた。

以前はジョセフと共に、食堂に五つしかない半個室の一室で食事をしていた。

ワインレッドの上質なカーテンによって仕切られ、広々としたその部屋は、高位貴族御用達の場であることからプチサロンとも呼ばれている。その部屋を使うことは、家柄や権力の誇示にも繋がるのだ。

それは、過去のブリジットにとって特別な空間だった。

だが、ジョセフにとってはそうではなかったのだろう。

今ではそこからジョセフとリサの楽しそうな笑い声が、毎日のように漏れ聞こえてくるから。

（……さて、次は魔法応用学ね）

ジョセフのことを考えるのはよそう、と軽い溜め息で淀んでいた思考を流す。

そのあとも順調に、魔法応用学と精霊学のテストを受けていく。

精霊学のあとの小休憩は、教室から近い手洗いへと行った。

残すは一科目、薬草学のみだが、得意科目のひとつなのでかなり自信がある。

教室へと戻ってきたブリジットは、さっそく鞄の中身を探り当て、必要な物を机の上に並べようとするが……そこで気がついた。

首を僅かに捻ってから、再び鞄の中を真剣に探る。

だが、やはりなかった。

（…………嘘）

ブリジットは呆然とした。

（ペンがないわ）

前の時間の試験後、きちんと仕舞っていたはずの筆記具が、跡形もなく消え失せていた。

念のために机の周囲や、窓枠の付近に目を走らせるがどこにもない。

（……誰かに盗まれた？）

眉間に皺を寄せ、ブリジットは唇を噛み締める。

相手は分からないが、間違いないと見ていいだろう。何せご丁寧に、予備で持ってきていたペン類までなくなっているのだから。

今まで、こんな低俗な嫌がらせをされた経験はなかった。

陰口を叩かれたことはいくらでもある。だが、王族の婚約者であるブリジットに、表向きは誰も手出ししてこなかったのだ。

自分で思っていた以上に、ジョセフの存在による恩恵は大きかったのかもしれない。

今ではそれをもう、ありがたく思うような心境ではなくなっているが。

（……そうだわ。購買なら……）

立ち寄ったことはないが、食堂の横に小さな購買店があったはずだ。

だが、今日は試験のため閉まっていたのだと数秒遅れて思い出す。何から何までついていない。

それに試験の際はすべて、必要なものは自分で用意すべしというのが学院での決まりである。

教員に申し出れば、その場で零点と判定を下されるだけだ。

「どうしよう……」

焦りは増していくばかりで……思わず、ほんの小さな声で呟く。

クラスメイトの中に、気軽にペンを借りられるような間柄の人間は居ない。

どこからか風でペンを運んできてくれる風精霊も居なければ、誰かが道ばたに落としたペンを拾ってくる土精霊だって居ない。

ほんの一瞬、一学年下の義弟の顔――正しくは、そのぼんやりとした後ろ姿が頭に浮かぶが。

首を振り、ブリジットは安易な考えを打ち消した。

あの父のことだ。

（もしお父様の耳に入りでもしたら、それこそ最悪だわ……）

学院でもブリジットが弟に接触したりしないか、密かに監視でもつけていてもおかしくはない。

その場合、ブリジットだけではなく、弟にも罰が与えられる可能性がある。とてもじゃないが巻き込むことはできなかった。

そもそも正面から頼んだとして、ほとんど面識のない義弟がペンを貸してくれるかは微妙なのだが。

(他には……うう、誰も思いつかないっ)

頭を抱えたくなる。

分かっている、悪いのは自分だ。誰からも疎まれるようになったのも、親しい友人がひとりもできなかったのも、ブリジットの高慢で嫌みな振る舞いの結果なのだ。

だが今日だけは、他のことに心を惑わされず試験だけに集中していたかったのに。

(オーレアリス様との勝負があるから……)

ユーリ・オーレアリスの涼しげな眼差しを思い出す。

ただでさえ天才と名高い彼なのだ。

一科目でも無得点になってしまえば——それこそ、もう勝負にもならない。

それくらいユーリは聡明な青年で、だからこそ、ブリジットも彼に勝ちたいと心底思ったのだから。

それにあれだけ啖呵を切っておいて、「筆記具を紛失しました」なんて馬鹿馬鹿しい報告をしたならば。

『そうか』

きっとユーリはそう呟いて、あの美しい瞳を、一切の興味をなくしたようにブリジットから逸らすのだろう。

所詮こんなものかと呆れて、つまらない言い訳を用意してきた勝負相手にうんざりして……それで愚かな赤毛の女のことなんて、綺麗さっぱり忘れてしまうことだろう。

……でも、と強く思う。

（私、どうしてもあの人に勝ちたいのよ……！）

——だから、そうだ。

手段なんて選ぶ余地はない。

どんなに見苦しくても足掻かなければ、とブリジットは心を決める。

「席に着いてください。次の試験を始めます」

そのとき、前扉から薬草学の教員が入ってきた。

「………」

固く唾を呑み込んで。

ブリジットは親指と人差し指の間で、それを握りしめたのだった。

筆記試験から、ちょうど三日後のことである。

（ああ。疲れた………）

ようやくお説教から解放されたブリジットは、疲れ切りながら職員室から出てきたところだった。

強張（こわば）った全身の筋肉を軽く解（ほぐ）しつつ、一階の掲示板に立ち寄る。貼り出された試験結果は昼間確認していたが、念のためもう一度見ておこうと思ったのだ。

そんなブリジットが、ふと気配を感じて振り向くと……こちらを見ていたらしい生徒たちが、ぱっと目を逸らした。

（なんだろう。いつもより、視線を感じるような……）

だが、今はそんなことに構っている場合ではない。

ユーリと約束していた時間はとうに過ぎているのだ。

彼はもう居ないのではないかと不安だったが、石畳の道を小走りしていくと、遠目にも特徴的な青い髪の毛が見えてきたのでブリジットはほっとした。

テーブルには、魔法応用学の分厚い教科書が置かれている。ブリジットを待つ間、試験の復習をしていたのかもしれない。

「オーレアリス様、お待たせしました」

「別に待ってはいないが」

息を整えつつ呼びかけると、ふんぞり返って座っていたユーリに断言される。

（この人、何事も言い返さないと気が済まないのかしら？）

自分も似たようなものだけど……と思いつつ、無表情のユーリの真向かいに腰を下ろす。

まずは、彼に言うべきことがあった。

「一位おめでとうございます、オーレアリス様」

「……ああ」

特に感慨なさそうに、ユーリが顎(あご)を引く。

ユーリは入学してからの一年と二ヶ月間、ずっとすべての試験で満点に近い成績を誇っている。

六科目の試験には、それぞれ百点ずつが割り振られているのだが、今回も彼は六百点中の五百九十八点という輝かしい結果を収めていた。

今さらおめでとうなどと言われても、響くことはないのだろう。

「それで、お前は？」

「…………」

「何点だったんだ」

「…………」

目を逸らすと、ユーリが胡散臭(うさんくさ)そうな視線を向けてくる。

いっそこのまま黙っていたい、という衝動に駆られるが、これは歴(れっき)とした勝負なのだ。そういうわけにはいかない。

掲示板の貼り紙(がみ)でも確認し直した点数を、ボソッと口にする。

「……四百九十八点、です」

「ほう。ちょうど僕と百点差だな」

（う……！）

情け容赦なく現実を突きつけられ、ブリジットは言葉に詰まる。

以前のブリジットに比較すれば、格段に良い点数なのは間違いない。

だが掲示板に華々しく名前が発表された優等生たちの、その最高位に位置するユーリとは比ぶべくもない。

「その通りですわね。……非常に残念ですが」

(残念なんてものじゃ、ないけど……)

本当は叫び出したいくらいに悔しい。

勝ちたかった。負けたくなかった。いけ好かないこの男にぎゃふんと言わせてやりたかった。

(でも、勝てなかった)

「勝負はわたくしの負けですわね」

そうして、ブリジットがおとなしく負けを認めると。

「――なぜ、理由を言わない？」

急にユーリがそんなことを言い出した。

意味が分からず、ブリジットは当惑した。

「オーレアリス様？」

「……薬草学のテスト、血文字で解答したんだろう？」

「！」

ブリジットは目を見開いた。

そういう噂話に興味がなさそうなユーリなら知らないだろう、と思っていた。

だがブリジットが予想していた以上に、噂は広がっていたのか。

「今日の授業で、教師が憤怒しながら語っていたぞ」

(あの先生……)

まさか他のクラスでもその話をしていたとは。

先ほど掲示板の前でやたら注目されたのも、噂が出回っているせいかもしれない。

だがこの件がバレているのであれば、さすがに言い逃れはできない。

ブリジットは取り出した扇で口元を隠しつつ、ゴニョゴニョと経緯を説明した。

「ええ、その……確かに血文字を使いましたわね。筆記具が盗まれたものですから」

「盗まれた？」

「どこの誰の仕業(しわざ)かは知りませんが。まぁ、恨みは多方面から買っておりますので」

そうして力業で試験を乗り切ったブリジットだったが――問答無用で零点と大きく書かれた答案用紙を突き返されたときは、さすがに凹(へこ)んだ。

先ほども担当教員から呼び出され、散々ねちっこいお説教を受けていたのだ。

教師を馬鹿にするな、貴族にあるまじき行為だ、と机の上にブリジットの答案用紙を叩きつけ、彼は怒りに顔を赤くしていた。

(これ以外にも何か方法はあったのかもしれないけど)

あるいは、素直に諦(あきら)めて一科目を捨てるほうが賢明だったのかもしれない。

でも、ブリジットは後悔していない。

制服のブローチに使われている針を指先に刺し、血を使って文字を書いた自分の判断を、いっそ褒めてやりたいと思っている。

　おかげで右手の人差し指からはいまだに包帯が取れないが、普段から手袋をしているので誰に見咎められることもない。

　シエンナにはあっさりと看破され、だいぶ叱られてしまったが。

「——なぜ、僕に借りに来なかった？」

　そのことを思い返していたので。

　ブリジットの反応は数秒遅れた。

（……ん？　今なんて？）

　聞き間違いだろうか。

　しかしユーリはそう言ったきり、むっつりと口元を引き結んで黙ってしまっていて。

　おずおずと、ブリジットは訊いた。

「借りに行ったら……貸してくださっていたんですの？」

「それは……」

　ユーリは虚をつかれたような顔をしたが、頬杖をついて……やがて不本意そうな声音で呟いた。

「……そうだな。考えないでもなかった」

（…………ええと。つまり、考えてくれた……ってこと？）

　ものすごく分かりにくい言い回しだが、そういうことだろうか。

そう思うと、ブリジットはなんだか——ほんの僅かにだが、元気が出た。

（こんな素直じゃない人を相手にしながら、おかしいかもしれないけど）

次に何か、思いも寄らないようなことが起こったとして、きっとあんな風に……頼るべき人が誰も居ない、迷子のような気持ちにはならないだろうと、そう思えた。

「では、もしまたこんなことがあったらオーレアリス様を頼りますわ」

「……またこんなことがないように、実行犯を探すのが先じゃないか」

「それは骨折り損に終わりそうですから……だってわたくし、学院一の嫌われ者ですもの」

敵が多いんですのよ、と胸を張ると、少しばかりおかしそうにユーリは目元を緩ませた。

そんな隙のある表情を彼が見せたのは初めてのことで、驚いてブリジットは目をしばたたかせたのだったが……その間にユーリの顔つきは、また冷たいそれに戻っていた。

だからもしかすると、ブリジットの見間違いだったのかもしれない。

「僕も大概、負けてはいないと思うが」

「それは……そうですわね」

否定しようとして、その通りだったのでブリジットは深刻な顔で頷いた。

おい、というような顔でユーリがこっちを見てくる。それがなんだかひどくおかしくて、ブリジットはくすりと笑い、頬に手を当てて息を吐いた。

「オーレアリス様って、なんというかものすごく悪役っぽいですものねぇ」

「お前にだけは言われたくはないが……つまりお前は、僕に共感でも感じているのか？　迷惑だからやめてくれ」

「なんですってぇ！」

（ああ言えばこう言うわね、この人！）

余裕を失ったブリジットが立腹して声を張り上げても、ユーリはまったく動じない。

それどころかなぜか――ユーリは真剣な面差しで、まっすぐにブリジットのことを見つめてきて。

心臓が、ふいに跳ねたような気がする。

「痛むか、指」

どうやら怪我の程度を心配してくれているらしい。

ユーリの視線は、手袋に包まれたブリジットの両手に向かっていた。

「……へ、平気です。ただのかすり傷みたいなものですから」

「そうか。……次からはやめろ、そういう真似は」

妙にユーリの声音が優しく感じられて、ブリジットはまともな反応が返せない。

結局、コクコクと無言のまま頷いてみせると、一応ユーリはそれで引いてくれたらしかった。

ただし、それはあくまで指の怪我の話である。

「それで？　結局、薬草学の点数を足したら何点だったんだ」

「それは……」

ブリジットは言い淀んだが、ユーリは強い眼差しでこちらを見ている。

……このまま黙っていても、帰してはもらえなさそうで。

観念して、ブリジットは白状することにした。

「薬草学は、満点だったので……五百九十八点ですわ」

「そうか」

ユーリは驚くこともなく頷いた。

ブリジットの言ったことを疑っている様子もない。だが、それがどうにも居心地が悪い。

(これ、言いたくなかった……)

だって、なんというか、――ものすごく負け惜しみっぽいから。

もしも筆記具が盗まれさえしなければ、同率一位だったのだと言い訳するようで、明かすのがいやだったのだ。

(どちらにせよ、実際の点数は四百九十八点なんだけど！　それは変わらないんだけど！)

するとと渋い顔をするブリジットに、ユーリは思いがけないことを口にした。

「得意なんだな、座学」

「え……」

「もしも数週間、付け焼刃の勉強をしただけでこの点数が取れたならお前は天才だ」

「そうではないんだろう？」と言外に込め、ユーリが言う。

悔しいが、まぁその通りだったので、ブリジットは広げた扇の後ろで口を尖らせた。

ブリジットは天才ではないし、物覚えだって特別に良いほうではない。

幼い頃から繰り返し、いろんな学術書に目を通してきたから、知識が頭の中に備わっているだけで――ここ数週間の勉強というのはつまり、それを復習する時間だったのだ。

「何か、理由があるのか？」

そう問われ、ブリジットはしばし迷った。

苦し紛れに、テーブルに置かれたままの分厚い教科書を手に取る。

ページを捲ってみると、使い込まれているのがすぐに分かった。

ユーリは怒らなかったが、強い視線はブリジットを捉えたまま離してくれなくて。

話せば、彼は馬鹿にするだろうか。考えてみて、すぐに答えは出る。

（オーレアリス様は、笑わない）

誰より口は悪いが、たぶんこの人は、むやみに人の夢を笑ったりはしない。

そう思ったから、固い声で切り出した。

「……わたくし、精霊の研究者になりたいのです」

「精霊博士か」

少々誤魔化（ごまか）したのを呆気（あっけ）なく言い直され、咳払（せきばら）いをする。

「そ、そうですわ、精霊博士です。……幼い頃からの夢でして」

『――ねぇ、おとうさま。おかあさま。私ね、せーれーにもっと詳しくなりたいの！』

周囲に明言だってしていた――五歳のあの日、契約の儀が執り行われるまでは。

いつも、父や母は頭の出来が良いと、幼いブリジットを褒めてくれた。

〝神童〟と呼ばれていたのもその頃のことだ。

精霊博士になるという夢は、本当は馬鹿げたものだと思われていただろう。だが子どもの戯言だからと放っておかれたのだ。

きっとお前ならば立派な精霊が特別に気に入って、加護を与えてくれるだろうと、父は言ってくれた。

ブリジットもそんな輝かしい未来を、信じて疑っていなかった。

そのときはその精霊と一緒に、精霊博士として世界中を旅しようと思っていたのだ。

「……わたくしは微精霊と契約しましたが……それを悲しく思ったことは、一度もありませんの」

「……どうして？」

「精霊は精霊ですもの。今まで姿を見せたことはありませんが、毎日のように呼びかけも続けていますす」

自分に加護を与えてくれた誰かの、顔も名前も、まだブリジットは知らない。

でも、嬉しいと思った。その精霊は他の誰でもない、ブリジットのことを選んでくれたのだ。

だから。

誰に馬鹿にされたって、その精霊を嫌いになんてなれるはずがない。

「……精霊博士の多くは、失踪しているとも言われているが」

博識な彼のことだから、当然その点が気になったのだろう。

ブリジットは目を伏せ、頷いた。

「……そうですわね。あんまり精霊に気に入られて、精霊界に引き摺り込まれてしまうのだとか」

ブリジットの尊敬する精霊博士のひとり――『風は笑う』の著者でもあるリーン・バルアヌキも、二十年ほど前に表舞台から姿を消した。

高齢だったため、精霊研究をしながら人気のない場所で亡くなったのではないかと言われているが……まことしやかに囁(ささや)かれているのは、彼がシルフィードに手を引かれ、精霊界へと渡ったという噂のほうだ。

ブリジットは笑った。

「できることなら、わたくしもいつか精霊界に行ってみたいですわ！」

「――、」

ユーリが静かに目を瞠(みは)る。

精霊界に渡った人間は二度と、元の世界には戻れない。それが通説だ。

だからブリジットの言葉は、あるいは自死を志願するそれに聞こえたのだろうか――でも、やはり思った通り、ユーリは何も言わなかった。

（……やっぱり笑わないのね、オーレアリス様は）

彼の場合、ただ表情筋が凝(こ)っているだけかもしれないが。

だけどそれが、ブリジットには嬉しかった。

誰からも笑われる令嬢を、誰もと同じように笑わない存在を前に、密かに安堵(あんど)していた。

そのせいか、珍しく素直にお礼の言葉が口から出てくる。

「聞いてくださってありがとうございます、オーレアリス様」

「別に、僕は何もしていない」

「以前にも、わたくしの話を黙って聞いてくれたではありませんか」

（あのときも、この四阿で……初対面なのに恥ずかしげもなく、私はいろんなことを話してしまった）

どうしてだろう、とブリジットは不思議に思う。

〝氷の刃〟と呼ばれ、周りから敬遠される青年なんて、身の上話をする相手としてはあまりに不適切だ。

それなのにブリジットは、口の悪い彼に反発を覚えつつも、自分のことを話し続けた。

誰にも聞いてもらえず、自分の胸の内だけに仕舞い込んでいた――過去のことを。

（いつか、オーレアリス様の話も聞かせてくれるかしら？）

そんな風に期待して見つめるが、すぐに思い直す。

ユーリの勝利という結末で、既に勝負は終わったのだ。

だから今後一切、彼と関わることもないだろう。

そう思うと、ほんの少しだけ……胸がずきりとしたのだが。

「勝負は次に持ち越しだな」

「えっ？」

「今回は引き分けだろう。お前は僕と同率一位だったんだから」

（同率一位？）

ユーリがおかしなことを言い出したので、ブリジットは反応に困った。

「でも、オーレアリス様……」

「ユーリでいい」

ブリジットの声を遮り、ユーリはつっけんどんに言い放つ。

「家の名で呼ばれるのはあまり好きじゃない」

「………ユーリ、様？」

それでいい、というように首肯した彼に、ブリジットは目をきらんと光らせる。

機会を見つけたら言ってやろうと思っていたのだ。

そしてそれは、たぶん今このときである。

「それならわたくしのことも、〝お前〟ではなくブリジットとお呼びくださいませ」

「………おま」

「ブリジット、と」

さらに圧力を加えると、ユーリはしばらく黙り込んでいたが。

……ブリジットがギラギラと強い眼光で見つめ続けると、抵抗を諦めたようだった。

「分かった。……ブリジット」

「！」

「これでいいか？」

ものすごく面倒くさそうな顔を向けられつつも、ブリジットは笑顔で頷いた。

「結構ですわ、ユーリ様！」

だってどうやら彼は、今後もブリジットと話す気があるみたいだったから。

そんな些細なことが、なんだか嬉しくて堪らなかったのだ。

ワインレッドのカーテンが引かれた部屋で。

リサは仲の良い令嬢たちに囲まれ、放課後の優雅なお茶会を過ごしていた。

一流の調度品に囲まれ過ごすティータイムは、最近のリサにとって格別の時間である。

食堂に五つのみ設けられた高貴なこの空間が、オトレイアナ学院の歴史上、暗黙の内に高位貴族だけが使用を許された部屋であることは知っているが――いつもほとんど使われていないので、勝手に使うことにしている。

だってリサは、この国の王子であるジョセフの婚約者になる少女なのだ。

誰もリサを咎められるわけがないし、リサこそがこの部屋を使うに相応しい貴族のひとりである。

……だが、楽しいはずのお茶会なのに。

余計な雑音が外の世界からいくつも聞こえてきて、リサはひどく苛立っていた。

「ねぇ、知ってます？　メイデル伯爵令嬢の試験結果のこと……」

「もちろんよ。だって本当に驚きましたもの！」

「なぁ、お前は〝赤い妖精〟と同じクラスだったよな⁉」

尖った爪の先で、リサは何度もテーブルを叩く。

今日も下界では、つまらない噂話に踊らされた輩がやかましく騒いでいる。

（ああ。イライラする、イライラする、イライラする……）

「私たち、もしかして誤解していたってこと？　〝赤い妖精〟は無能なんかじゃなくて――」

「――うるさいっっ!!」

とうとう金切り声を上げ、リサはテーブルの表面を力任せに叩いた。

中身の入ったティーカップが大きく揺れ、こぼれた紅茶がテーブルの上に跳ねる。

カーテンの外の世界が一瞬にして静まった。

それから慌ただしく、足音がいくつも遠ざかっていき……だが、リサの気分は一向に晴れない。

「リサ様……」

おろおろと、取り巻きの令嬢たちが不安そうな目を向けてくるのもなんだか腹立たしかった。

彼女たちを睨むように見れば、全員がびくりと肩を跳ねさせる。

「……絶対におかしいわよね？」

「え？」

「あのブリジットが、学年で三十位なんておかしいでしょって言ってるの!!」

ぎりり、とリサは歯噛みする。

馬鹿で間抜けなブリジット・メイデル。

〝赤い妖精〟と蔑まれる高慢ちきな女が、第三王子ジョセフに捨てられたのは一ヶ月ほど前のことだ。

学院での成績は最悪で、筆記試験もいつも最下位に近いらしいと有名なブリジット。

そんな彼女が、王子に捨てられて正気を失ったのか、勉強に明け暮れる姿が見られるようになったのは最近のことで……リサはそんなブリジットのことを陰から嘲笑っていたのだ。

そして今回の筆記試験で、リサはそんなブリジットの邪魔をしてやることにした。

無論、邪魔立てなどせずともあの女はろくな点数は取れないだろう。それは分かっていたが、念のためにブリジットと同じクラスの生徒に命じて、筆記具を盗ませたのだ。

「……ねぇ。ちゃんとペンは盗んだのよね⁉」

「………は、はい」

もう何度目の詰問か――。

リサが刺々しく声を投げれば、呼吸音よりも弱々しいような声音で気弱そうな少女が頷く。

隅の席に座った、暗い黒髪をした少女は、長い前髪に顔を隠すようにして小刻みに震えている。

リサは再び彼女を問い詰めようとしたが、しかし……それを寸前で断念した。

というのも、ブリジットがアクシデントに見舞われたのは分かっているからだ。

薬草学の答案用紙をブリジットが血文字で書いて提出した、という信じられないほど愚かしいニュースは、試験が終わったその日の内に話題となった。

リサも積極的にその話に便乗した。赤い血で試験に臨むなんて野蛮だとか、〝赤い妖精〟はまさしく血の色をまとっていたのだとか、心優しき王子に捨てられて自棄を起こしたのだとか――いろんな場所で大声で嘆いては、大いに盛り上げてやったのだ。

だが……だからこそ、リサは歯軋りせずにいられない。

（なんなのよ……いったい……）

蓋を開けば、ブリジットは百人中の三十位という、そう悪くはない結果を残し、貼り紙に名前も載せられていて。

（だってあたしは、……八十七位だったのに）

しかも、それ以上に衝撃的だったのは――なんとブリジットが、薬草学については無得点扱いを受けていたということだった。

担当教員が愚痴を漏らしていたので、もはや二年生の誰もが知っていることだが……薬草学の点数は、本来は満点だったという。

つまりだ。

もしもリサが筆記具を盗ませていなければ。

ブリジットの名前は万年一位のユーリの横に、同率一位として輝いていたということになる――。

（あり得ないっ！　そんなの、あ、あり得ないのよ……っ！）

リサが止めることもままならず、その事実は怒濤の勢いで生徒たちの間を駆け抜けた。

薬草学の教員は、きっとブリジットの行為に憤慨して、晒し者にするつもりで話題にしたのだろう。

だが、彼のせいで……結果的にブリジットが三十位ではなく、本来は一位であったことが知れ渡ってしまったのだ。

もはや、血文字の件なんて容易くかき消すほどに。

「本当に、信じられない……！　あの女が頭いいわけないのにっ！」

リサはせっかくセットした頭をぐしゃぐしゃとかき乱し、叫んだ。

「馬鹿で間抜けなブリジット・メイデルだもの！　何か卑怯な手段でも使ったに違いないわよ‼

そうよね⁉」

「リサ様……」

周りの令嬢たちは顔を見合わせ、どう答えたものか分からないような表情をしている。

それもまたリサを苛つかせた。

(何よこの子たち……なんであたしの意見に賛成しないのよ……っ！)

そして。

「……なるほど」

「………ッ⁉」

――ふと、そこに低い声が響いた。

声は明らかに、仕切りの外から聞こえてきていた。

リサは大きな音を立てて立ち上がると、取り巻きたちを押しのけて個室の外に出た。

そうして目を眇める。

隣の個室のカーテンが引かれていた。

（誰か知らないけど、聞き耳なんて最低……ッ！）

リサはそのカーテンに迷わず手をかける。

そのとき、頭に血が上ったリサはすっかり忘れていた。

――この個室は、リサの手の届かないような高位貴族ばかりが使う部屋であることを。

「ちょっと、あなた――」

文句を言いかけながら部屋の中に目を向けたリサの呼気が、止まる。

開け放ったその部屋には……青い髪の青年がひとり、座っていた。

彼を目にして、リサは愕然とした。

「ユ、ユーリ様……」

ユーリ・オーレアリス。

水の一族でも最優と謳われる天才にして、近寄りがたいほどの美貌を持つ青年である。

追ってきたリサの取り巻きたちも、声もなくざわついていた。

多くの女子から憧れの目を向けられながら、そのすべてを冷たく切り捨てる彼は、別名〝氷の刃〟とも呼ばれているのだ。

というのも、リサ自身も数日前に彼に冷たい態度を取られたショックで、それをジョセフに訴えたばかりだった。

あのときもユーリはちっとも狼狽えず、心底興味のなさそうな目でリサをちらりと見やっただけだったが。

「な、なんで、ユーリ様がここに……?」

「ただの偶然だが」

こちらを見ずに答える彼の目の前のテーブルには、空の小皿とティーカップが置いてあった。

口元をナプキンで軽く拭ったところで、ユーリがようやく振り返る。

見つめられたとたんに、リサの背筋にひどい寒気が走った。

それほどにユーリの眼差しが冷徹で——そして、険を帯びていたからだ。

「………それにしても、ブリジットの筆記具を窃盗した犯人たちが、こんなところで密談しているとは思わなかった」

全員が目をむく。

ユーリは聞いていたのだ。今ここで交わされた会話のすべてを。

だが——リサが気にしたのはその点ではなかった。

(今、ブリジットって……)

なぜユーリが、そう親しげにあの女の名を呼ぶのか。

その理由がリサには分からない。だってユーリは——この美しい公爵家の令息は、どんな美女が言い寄ろうと、うざったそうに振り払うばかりだったはずだ。

「ご……ごめんなさいっ、わたし……」

考える合間にも、勝手に実行犯の少女がユーリに頭を下げている。

ユーリはそれにも素っ気ない対応を返した。

「僕に謝られてもな。せめてブリジット本人に謝ったらどうだ」

「メイデル伯爵令嬢に……？」

「ギャンギャンと騒がしい子だが、別に取って食いやしないだろう」

「…………」

少女は黒い頭をユーリに向かって下げると、そのままカフェを出て行った。

挨拶もなく去ったことにリサは苛立ったが、今はあんな小物に構っている場合ではない。

なんとか心音を落ち着かせようと努めながら、リサはあえて不遜にユーリを睨みつけた。

「だ、誰かに言いつけるつもりですかっ？」

「…………？」

ユーリが不審げにリサを見る。

「言っておきますけど——あたしがジョセフ様に言いつければ、あなたは終わりです！　きっとこの学院からも追い出されるんだから！　あはは、いい気味——」

「その前に、僕が教師にお前の所業を言いつければ終わりじゃないか？」

「……っ！」

リサは呆気なくも言葉に詰まる。

そんなリサを、大して面白くなさそうにユーリが眺めた。

「……僕とブリジットは今回の試験にあたって勝負事をしていた」

「はっ……？」

（ど、どうしてユーリ様がブリジットなんかと勝負するのよ……っ?!）

リサにはもう、何がなんだかわけが分からない。

だが混乱し続けるリサに、ユーリは小さく溜め息を吐いて。

それこそ、刃よりも研ぎ澄まされた凍てつく瞳で容赦なく射抜いた。

その瞬間、リサの呼吸は恐怖のあまり止まった。

「……僕は真剣勝負に水を差されるのが嫌いでな。今後、余計な手出しをした場合は看過できないとだけ言っておく」

「、っ……⁉」

——怖い、と。

ただその感情だけが、背筋を這い上がる。

あまりの迫力を前に、後退ったリサは……勢いあまって転び、そのまま尻もちをついた。

ドシン！　と間の抜けた音が響き渡る。

ユーリはしかしリサを一瞥したっきり、にこりともせず……制服の裾をなびかせて去っていってしまった。

「リ、リサ様……！」

「大丈夫ですか？　リサ様っ……？」

尻もちをついたまま固まっているリサを、慌てて取り巻きの少女たちが助け起こそうとする。

だがリサは、呼びかけられてもしばらくまともに反応を返すことができなかったのだった。

第四章

ブリジットに眠る力

「――最近のお嬢様、なんだか楽しそうですね」

紅茶を注いでくれたシエンナに、唐突にそんな言葉を投げかけられ――。

ブリジットはページを捲る手を止め、猛烈な勢いで顔を上げた。

今日は屋敷のバルコニーでゆっくりと、読書の時間を楽しむことにしていた。

自室から庭を望めるように張り出して造られたバルコニーは、ブリジットもお気に入りの場所だ。

庭師のハンスが毎日手入れしている庭がよく見えるし、それに……メイデル家の本邸と逆方向に設けられているので、両親の目につかなくて済む。

(たぶん、その理由込みでこの位置に造られたんだろうけど)

なんて考えつつ――冷静さは取り戻せずに、ブリジットはシエンナをじっと見つめた。

「……そ、そう見える？」

おずおずと問うてみると、シエンナは無表情のまま頷く。

「はい。とても」

(とても!!)

とても楽しそうに見えるだなんて。

その理由を――考えようとすると、なぜか彼の顔が浮かんだ。

（ユーリ・オーレアリス様……）

昨日は、図書館で本を借りたことがなくて尻込みするブリジットを、ユーリはフンと鼻で笑って。

（『そうやってお前が無駄に悩んでいる間に、僕はこの本を読み終わってしまった』とか言ってきたのよね……）

挑発的な言動にブリジットは怒り狂いつつ、勢いでカウンターに飛び込んで本を借りた。眼鏡の女性司書にはだいぶ怯えられてしまったが、無事に目的を達成したのだ。

つまり結果的に、ユーリは背中を押してくれたわけで――その本が、たった今ブリジットが大事に読んでいた一冊なのである。

「やはり筆記試験の結果が良かったからでしょうか？」

「えっ！　そ……そうね。そうかもしれないわ」

シエンナの言葉に、大慌てでブリジットは同意を返す。

するとシエンナはじとっとした目つきになった。

「……金輪際、自分の指に穴を開けて試験に解答するような真似はお止めくださいね」

「も、もうやる予定はないから。大丈夫よ」

今朝も指先の包帯を取り替えてくれたシエンナに釘を刺され、ブリジットはこくこくと頷いた。

淑女にあるまじき行為だと注意されるのは覚悟していたものの……あの日のシエンナは心底怒っていて、しかもその理由はブリジットの予想とはまったく違っていた。

『今後はせめて、私の血をお使いください。お嬢様がお怪我されるよりよっぽどマシですので』

そんなことを無表情の中に怒気と心配を浮かべて言われてしまって、ブリジットはすっかり申し訳なくなったのだった。

そして、実はその試験の際に勝負事をして、水の一族の令息と――知人と呼べる程度の仲になったことについては、まだシエンナにも話していない。

ブリジットがユーリと話すのは大抵、図書館の中かその近くの四阿だけだから。

だからなんとなく、まだ距離を感じている……というか。

(ち……違うのよ。別にそれが寂しいとかじゃないし、残念がったりしてないし)

自分でもよく分からないまま、必死に心の中で言い訳をする。

そんなブリジットに、不思議そうにシエンナが首を傾ける。

「……ブリジットお嬢様？　どうかされましたか？」

「い、いえ――なんでもないわ、大丈夫よ」

こほん、とブリジットは咳払いをした。

「それじゃ、シエンナ。わたくしは今から読書に集中するから」

「かしこまりました。何かありましたらお呼びください」

しずしずとシエンナが下がる。

ブリジットがこう言い出すのはいつものことなので、特に疑う様子はない。

ブリジットは、ティーカップを傾けて紅茶を飲んでいる振りをしながら……ちらり、と部屋の中を横目で見やる。

既にシエンナの姿は部屋にはない。もう廊下に出ている頃だろう。

それを確認してから、音を立てずにそっとソーサーにカップを置く。

ブリジットは椅子から立ち上がるとすぐにしゃがみこみ、バルコニーの手すりの間から顔を出した。

そうして、地上の様子を確認してみる。

（ええと。庭にも誰も居ない……）

庭師のハンスの姿もなければ、お使い帰りの侍女も居ない。

厨房係兼パティシエのカーシンも、今日ばかりは庭を走り回っていないし……よし、とブリジットは頷く。

手すりに背を預けると。

――スゥ、と深呼吸をして。

「おーい…………精霊さん」

ほんの小さな囁き声でそう呼びかける。

視線は何もない宙を向いている。それは仕方のないことで、ブリジットには自身が呼びかけているその相手が、どこでどうしているのかよく分からないのである。

「聞こえているなら、良かったら返事をしてほしいわ。それかちょっとだけ、姿を見せてくれないかしら」

反応はない。

いつものことなのでブリジットは落ち込むこともなく、隠しに入れていた石を取り出すと、頭の上で掲げてみせた。

「これ、炎の魔石よ。お近づきの印に良かったら」

精霊とのコミュニケーションとして、よく用いられるのが魔石である。

キラキラと光を反射してきらめく様子は宝石のようだが、宝石とは決定的に異なる点が、魔石には魔力の素である魔素が封じられている点である。

精霊には心がある。特別に気に入った主人であれば、多くの力を貸し与えてくれるし、危機に陥ったときは自らの意志で顕現し、救ってくれることもあるという。

だから自分が契約した精霊の属性に合わせた贈り物をして、彼らを喜ばせるのは古くからの常套手段なのだ。

ブリジットの場合は五歳の頃から、ほぼ毎日欠かさず精霊に話しかけているし、毎週末にはこうして贈り物を用意することにしている。

数えきれないほどの贈り物を試してきたがどれにも反応がなかったので、今日は原点回帰で炎の魔石を用意したというわけだった。

(微精霊にだって、心はあると思うんだけど……)

それはブリジットの仮説だった。

今まで、精霊――人々から名無しと呼ばれる微精霊と、意思の疎通が図れた記録はない。

だが微精霊と契約した人間にも、生活魔法と呼ばれる下級魔法であれば使うことができる。

それはつまり、微精霊に心があり、契約者に力を貸している証明でないかと思うのだ。

（私の場合、生活魔法すら使えないんだけど……）

「……っああもう、わたくしはあなたに会いたいだけなのにぃ！」

考えている内に、思いはどんどんと昂ぶってきて。

ブリジットはつい、子どものような調子で叫んでしまう。

「会って、一度でいいからお話してみたいわ！　あなたのことや精霊界のことも訊いてみたいの！

それと、で、できれば――少しでいいから、あなたの力を貸してもらえると嬉しっ……」

そのとき。

人の気配を感じ……はっ！　とブリジットは振り向いた。

振り向いた先には――無表情のシエンナが立っていた。

より正確に言うならば、口元がほんのり緩んだ専属侍女が。

ブリジットは文字通り固まった。

そんな主人に向かって、シエンナは綺麗な角度で頭を下げる。

「申し訳ございません。何度か、声はかけたのですが」

「…………」

「……ブリジットお嬢様。カーシンがぶどうのタルトができたからぜひご試食を、と申しておりますが……」

「……シエンナ、笑ってるわよね？」

そう指摘すると、シエンナはしばらく沈黙し……ふるふる、と首を横に振った。

「いえ……これは笑っているというか、お嬢様のあまりの愛らしさに、小さく微笑みがこぼれてしまっただけで……」

「笑ってるんじゃないの！」

真っ赤になるブリジットに、笑いを堪えるためなのかシエンナが片方の頬を膨らませている。

しかもよく見たら小刻みに震えていた。ブリジットは羞恥のあまり身悶えた。

「すみませんお嬢様。『おーい』と精霊に呼びかける方を見たのは初めてだったものですから」

「しかも初めから聞いてるじゃないの!?」

「それはそうと、ぶどうのタルトは」

「食べるけど!!」

ぷんすか怒りながらもバルコニーから部屋に戻るブリジットに、シエンナが続く。

この愛らしい主人が、甘いお菓子を口にすればたちまちご機嫌になるのをよく知っているので……実はあまり反省していないシエンナだった。

だから、そうして歩き出した二人とも気がつかなかった。

テーブルの上に置き去りにされた炎の魔石が。

ふわりと宙に浮いたかと思えば——そのまま跡形もなくどこかに消えたことには。

「次回の授業テーマは、『精霊との関係構築』です。実技課題として皆さんおひとりずつに、契約精霊とのコミュニケーションの様子を披露していただくのでよろしくね～」

翌日のこと。

心の底から大好きな精霊学――のはずが、そんな担当教員の言葉を、ブリジットは死刑宣告を受けるような心持ちで聞いていた。

二年生に進級すると、座学よりも実技が重視されるようになることは入学時にも説明を受けていた。

周囲の生徒も、どんな一芸を見せれば評価が高くなるか……なんて話で盛り上がっているが。

（私、契約精霊と会ったことすらないんだけど……）

もはや、前回の筆記試験で血文字を使ったことへの罰？　と思ったりもするが、精霊学の担当教員――マジョリー・ナハに限ってそれはないだろう。

おっとりとした可愛らしい老女は、ブリジットが血文字でテストに回答したことを聞きつけて『ちゃんと手当はしたの？』と心配そうに訊いてきてくれたくらいだ。

評判が悪く教師からも疎まれがちなブリジットだが、公平な目を持つマジョリーのことは素直に教師として信頼している。

つまり今後、こうして契約精霊との意思疎通や魔法の使い方について、より実践的な授業はどんどん増えていくということだ。

（魔石はなくしちゃうし……）

窓際の席で、ほんの小さく溜め息を吐くブリジット。

昨日は、せっかく契約精霊に贈るのだからと見栄を張って、露店で売っているような粗悪品ではなく、魔石専門店でとっておきの物をシエンナに選んできてもらったのだ。

伯爵家で疎まれて育ってきたブリジットには、個人的に自由にできるお金はほとんどないので、小さい頃に貯めていたお小遣いでやり繰りしている状態である。

衣装代や化粧品代は別邸付きの執事に毎月預けられているものの、そこから魔石代も捻出したいとはさすがに言い出せない。

（図書館では勤労生徒が放課後働いているみたいだけど……）

同じようにブリジットが図書館で働くことは、不可能だろう。

家の一員と認められていないのに、家の人間としてみっともないとされる真似は許されないのだから。

そんなことを考えていたら、大好きなはずの精霊学の授業もどこか後味悪く――。

席を立ったブリジットは、そこで目の前にひとりの男が立っているのに気がついた。

「メイデル伯爵令嬢」

呼びかけられ、眉を寄せる。

（ニバル・ウィア……）

整ってはいるが厳つい顔つきの男が、にこりともせず目の前に立っている。

ウィア子爵家の次男であり、将来のジョセフの側近候補と目されている。クラスでは一年生の頃から級長も務めている優秀な人物だ。

ブリジットは、あまりニバルに良い印象は抱いていない――というのも彼は、ジョセフの隣に居るブリジットに、いつも見下すような目を向けてきていたからだ。

オトレイアナ魔法学院は一年時からクラス替えがないので、この一年と数ヶ月は同じ教室で過ごしてきたが、その嫌悪感丸出しの態度はますます強くなっていると思う。

(王子の婚約者に相応しくないって思われていたんでしょう。気持ちは分かるけど!)

「先日の筆記試験はおめでとう」

「……おめでとうと称えられるほどの順位かしら?」

ブリジットが小首を傾げると、ニバルは一瞬、目を見張ってから――口端を吊り上げた。

「……みな、驚いているんだ。だってあなたは、ずっと不振な成績を残していたから」

続けざまにニバルが言い放つ。

「もしかすると、精霊でも使ったんじゃないかってね」

(……ああ、なるほど)

ゆっくりと目を細める。

ブリジットを毛嫌いするはずの彼がこうして、わざわざ話しかけてきた理由が分かった。

薬草学の担当教員は、血文字で試験に解答したブリジットに怒り、本来は満点の答案用紙を零点扱いにした。

当然、同じクラスのニバルはその件についてよく知っているだろう。

つまり彼は、三十位のブリジットが、本来は一位だったことを知って……不正を働いたのではないかと、あからさまに指摘してきたのだ。

〝赤い妖精〟が、実力でそんな優れた点数を取れるわけがないから。

（面倒くさい……）

相手をせずこの場を離れたいくらいだったが、そうすれば不正を認めたも同然という扱いをされるのだろう。

すっかり聞き耳を立てている様子の他のクラスメイトたちにも聞こえるように、ブリジットはよく通る声でニバルに返した。

「ご存知の通り、わたくしが契約しているのは微精霊ですので……試験で支援を受けることなんてできませんわ」

「そうだろうな。普段の生活でもまるで役に立たない最弱精霊じゃ……ああ、失礼」

うっかり口を滑らせてしまった、というように口元に手を当てるニバル。

ブリジットはうんざりした。

そして――静かな怒りが湧き上がってくる。

ブリジットと契約したせいで、名前のない精霊までこうして馬鹿にされてしまう。

いつものことだ。ここ十数年、そんな日々を過ごしてきた。

でも、前を向くと決めたのだ。

だから以前のように高笑いで誤魔化して、あとで泣くのはもうやめる。

(売られた喧嘩は、ちゃんと買ってあげないとね？)

そう決意し、しかし表向きは涼しげな顔を装って、ブリジットはわざとらしく手を合わせた。

「そういえば級長は、風の精霊と契約してらっしゃるのよね」

なんとなく、ブリジットの様子がいつもと違うと感じ取ったのか。

ニバルの表情が、不愉快げに軋む。

「……それがなんだ？」

「数年前に、このオトレイアナ魔法学院で風魔法を使った事件があったのを思い出しましたの」

あら、ご存知でない？　と首を傾げるブリジットに、ニバルは仏頂面のままだ。

ブリジットが何を言い出したのか、よく分かっていない様子だ。

なら好都合、とブリジットはにこやかに続けた。

両手を軽やかに、胸の前で動かしながら。

「頭のいい生徒の答案用紙を、こう、風魔法でふわりと、ほんの小さく向きを変えて浮かせて――読み取ろうとした生徒が居たのですって」

ああ、いやだわ、とブリジットは嘆かわしげに首を振る。

「せっかくの魔法の才能を、そんなくだらないことに使うだなんて……級長も勿体ないと思いませんか？」

「……そう、だな」

「あら？　そういえば昨日だったかしら。魔法基礎学の小テストの前に、急に級長は教室の窓を開けましたわよね。あれは……」

「……っ⁉　お、俺は不正なんてやってないっ！」

ブリジットも驚くほどの大声で言い返してくるニバル。

はっとし、口元を手で覆うが――今やクラス中の視線はブリジットではなく、様子のおかしいニバルに向いている。

それに気づかない振りをして、ブリジットは微笑む。

「あら、わたくし、何も言ってませんけど……？　空気を入れ換えてくださってありがとうございます、と感謝の気持ちをお伝えしたかっただけですのに」

「………………っ‼」

ギラつく目で睨（にら）まれるが、ブリジットは動じない。

以前であれば、ニバル相手にこう強くは出られなかっただろう。

でもいつもと違ったのは、

（ユーリ様に比べると、そよ風みたいな視線ね……）

――そうだ。

あの氷に喩えられる青年の眼差（まなざ）しに比べれば、なんて可愛いものなのか。

そんなことを思いながら、自然と口元を緩め……ブリジットはニバルに問うた。

「――それで、まだ何か?」

「……いや………」

旗色が悪いと気がついたのか、ニバルは苦々しげに「忙しいのでこれで」と呟いてそそくさと去って行った。

いまだ注目を浴びながらも、ブリジットはてきぱきと教科書類をまとめてさっさと教室から出て行く。

廊下を歩きながら、思う。

(ユーリ様なら、あんな低俗な物言いはされないでしょうに)

彼の風貌を頭の中に思い浮かべていると、次第に、騒いでいた心音も落ち着いてきた。

(あの人はものすごーく嫌みだけど、決して人の実力を疑ったり、ケチをつけたりするような人じゃないんだから……)

そこで。

――はた、とブリジットは気がつく。

(って、なんで私……当たり前のようにユーリ様のことを考えてるの⁉)

ブンブン、と首を勢いよく振って、鮮明に浮かぶユーリの顔を消そうとする。

そんなことよりも……そうだ、重要なのは精霊学の実技課題。

次の授業は二日後である。それまでに、微精霊とやり取りするためのなんらかの方法を編み出さねばならない。

そして精霊といえば——頼りになりそうなのは。

（そうだわ。ユーリ様にちょっと意見を訊いてみようかしら）

そんなことを思いついて図書館への道を急ぐブリジットは、少し気を抜けばすぐにその人のことを考えている自分に、まだ気づいていないのだった。


図書館に向かったブリジットは、館内を一回りしても目当ての人物が見つからなかったので、続けて四阿へと向かっていた。

ここならばと思ったのだが、いつもの席にユーリの姿はない。

肩で息をしながらあたりを見回し、ブリジットは溜め息混じりに呟いた。

「……今日はいらっしゃらないのかしら」

ユーリとブリジットは友人でもなんでもない。

毎日会おうなんて約束をしているわけじゃない。だから——彼がここに居ないのだって、別におかしなことではないけれど。

（私、ガッカリしてる……）

そんな自分に呆れて、引き返そうとしたそのときだった。

ふと——耳元を異音が掠めた気がして、ブリジットは振り返る。

（水音……）

もしかして、と四阿の横の石造りの階段を下りていく。

その内に――さらさらと、水の流れる音が耳朶を打つ。

図書館の庭園の下には小川が流れており、その小川の先には森が四方に広がっているのだ。

時折、課外授業で森に足を踏み入れることはあるのだが、図書館側から入るのは初めてなので、ブリジットの呼気は物珍しさに弾む。

理由は決して、それだけではなかったけれど。

(見えた！)

階段を下りた直後に。

ブリジットの足裏で、パキンと乾いた木の枝が折れた。

こちらに背中を向けていた人物――ユーリが鋭く振り返る。

しかし警戒が滲む瞳の険しさは、ブリジットを見留めるとほんの少しだけ和らいだようだった。

「……ブリジットか」

「ユーリ様」

ブリジットはほっと息を吐いた。

そしてその直後に気がつく。

ユーリの目の前に、水の中に浮かぶ精霊の姿があったことに。

(ウンディーネ！)

そう認識した瞬間に、ブリジットは思わず口を開いていた。

「なんて美しいっ……！」

『――あら。なんて素直なお嬢さん』

微笑むウンディーネに言葉を返され、ブリジットの頬が紅潮する。

最上級水精霊の代表格とされるウンディーネ。

足先は小川の中に溶け込んだように宙に浮かぶその精霊は、挨拶するように、水かきのついた手をひらひらと振ってみせた。

精霊には人間のような性別はないとされるが、人の女性の姿を象ったとされる流体の精霊は、息を呑むほど美しい容姿をしている。

その声色も、彼方から響いてくるように遠く、ぼんやりとしているが、やはりずっと聴いていたいと思うほどに心地が良くて。

（洗練されていて、隙がない美貌……）

なんて綺麗なのだろうか。

じっと見惚れていたブリジットは、ユーリに「おい」と呼びかけられるまでしばらく自失していた。

ようやく意識を取り戻して、慌てて頭を下げる。

「わ、わたくし、最上級精霊とお話するのは初めてで……っ、申し訳ございません、興奮してしまいましたわ」

（ウンディーネの虜になる人間の男性が多いのも、分かる気がする……！）

呆れた様子で溜め息を吐くユーリ。

彼の目の前で精霊の魅力にあっさりと囚われかけていたのが恥ずかしく――何せ精霊博士になりたいと宣言したあとなので――ブリジットは少々縮こまった。

「初めてって……メイデル伯爵家なら、何体か擁しているだろう？」

「そうなのですが……目にしたことはあっても、わたくしが対話することは許されませんでしたので」

「…………、そうか」

ユーリが目を逸らす。

（く、空気が重くなっちゃった？）

慌ててブリジットは口を開き直した。

「も、もう一体の精霊は？」

「え？」

「ユーリ様は、二体もの最上級精霊と契約していらっしゃるのでしょう？」

基本的に精霊種は――中でも最上級とされるウンディーネなどの精霊は、人間界に自然的に姿を現すことはしない。

間違いなく目の前の精霊は、ユーリの契約精霊のはずである。

それならば、もう一体の最上級精霊も傍に居るのではないかと思ったのだが。

「いや、アイツは……」

ユーリが何やら言い淀む。彼にしては珍しい。

「……気分が優れないらしい。今は出たくないと」

「そうなのですね……」

それなら無理に顕現してほしいとは言えない。

するとそれまで黙っていたウンディーネが、『あら？』と片手を頬に当てた。

陽射しを浴び、光を全身に抱いたようにきらめく美貌が、間近からブリジットを覗き込む。

『その燃えるような赤い髪の毛――もしかして、炎の一族の子？』

「は、はい。ブリジット・メイデルと申しますわ」

ドキドキしながら名乗る。

やっぱりね、というようにウンディーネが笑う。

『ってことは、契約してるのはイフリート？』

「……いいえ。わたくしは……微精霊と契約していますの」

『微精霊？』

ウンディーネが顎に人差し指――らしきところを当てる。

『……あなた。私のマスターは〝氷の刃〟と呼ばれているそうだけど、あなたはなんて？』

「……〝赤い妖精〟、と」

躊躇いつつ答えると、朗らかにウンディーネが頷く。

『〝赤い妖精〟ね。素敵な呼び名じゃない』

「そう……でしょうか？」

ブリジットは苦笑する。

取り替え子(チェンジリング)の暗喩だと知っているから、とてもじゃないが受け入れがたい陰口なのだが。

『そうよ。あなたにピッタリの呼び名よ、ブリジット』

ちくり――と、小さな針で胸を突かれたような痛みを感じ、ブリジットは沈黙した。

――『コレは、俺の子どもじゃない』

十一年前。

父に焼かれた手が治らず、高熱に浮かされ続ける中、遠くから何度か……そんな怒声が聞こえた。

ヒステリックに泣き喚(わめ)く母の声。それをまた、罵倒する父の声。

――『俺の本当の子どもは、精霊界に連れ去られたんだ。取り替え子されてな』

もしもそれが真実ならば、確かにブリジットに〝赤い妖精〟という呼び名は相応しいのだろう。

(私は、本物のブリジット・メイデルと入れ替わっただけの、妖精ってことになるのだから……)

「……ウンディーネ」

咎(とが)めるようにユーリが呼ぶ。しかしウンディーネは怯(ひる)まなかった。

むしろ楽しげに、面白(おもしろ)がるように、暗いブリジットの顔を覗いてくる。

『あなた、そう……気づいていないのね』

「え?」

『あなたが契約しているのは――』

だがそこで、ふいにウンディーネは口を閉ざした。

黙り込む精霊に、ブリジットが困惑の目を向けると。

『…………そうね。そう遠くない未来に、名前が分かるんじゃないかしら』

「えっ……」

「……ウンディーネ。変に期待させるようなことを言うな」

ユーリが渋い顔で注意すると、ウンディーネは可憐な乙女のように頬のあたりの水をぷくりと膨らませる。

『マスターこそお気づきでないの？　なんだかガッカリしちゃう』

「……どういう意味だ？」

『知りませんわ』

そのままぷいっと顔を背けたかと思えば、ウンディーネは小川の中に飛び込んでいってしまった。おそらく、精霊界へと渡ったのだろう。なんだか圧倒されるばかりで、ブリジットはその姿がすっかり消失しても、しばらく口を開けずにいた。

ブリジットをからかうつもりで、あんなことを言い残したのだろうか？

ウンディーネの真意がよく分からない。しかし気まぐれな精霊の意図を探るというのも、人間にはまず難しいことなのだ。

「まったく……アイツは」

ユーリが溜め息混じりに呟く。

目を向けると、ユーリもちょうどブリジットを横目で見ていた。

「ところで、何か用事があったのか?」

「え? ああ、ええと……精霊学の授業で、契約精霊とのコミュニケーションを披露するという課題が出まして、ユーリ様にコツを教えていただこうかと」

ブリジットが本題を思い出してそう言うと。

ユーリは眉を寄せ、唸(うな)るように言い放った。

「僕に分かると思うのか?」

(……そうですよねぇ)

ものすごく納得しつつ、ブリジットは密かに肩を落としたのだった。

――そして特に対策も思いつかないまま、精霊学の授業の日が来てしまった。
クラスに話す相手も居ないので、訓練場の隅っこで立ち尽くしつつ、ブリジットは余裕――らしき表情を浮かべてみせていたが、内心は非常に焦っていた。
二年生の教室がある三階建ての東棟を出て、一年生たちが過ごす西棟を横切った前方にある屋外魔法訓練場が、本日の授業の場である。
魔法の行使を内容に含む課外授業の多くは、オトレイアナ魔法学院を囲む森の中ではなく、屋外魔法訓練場で行われる。

というのも、例えば森の中で無造作に炎魔法を放ったりすれば、森に火が広がってしまう可能性もあるからだ。

実際に二十年ほど前には、炎魔法で森の一角を全焼させてしまった生徒も居たらしい。そういった事態を防ぐため、魔力障壁と呼ばれる結界が全方位に張り巡らされた訓練場が増設されたという事情があったそうだ。

精霊学の担当教員であるマジョリー・ナハが、おっとりと生徒を見回す。

ふくよかな身体つきの彼女は、オトレイアナ魔法学院を代表する優秀な魔法師のひとりでもある。

「それでは本日は、みなさんと契約精霊のコミュニケーションの様子を披露していただきます。二年生の五クラスの中でこのクラスがトップバッターになるわね。先生も今日という日をとっても楽しみにしていたのよ～」

（うう………………どうしよう）

しかしブリジットの耳にはさっぱり入ってこない。

メイデル家の別邸にも、何人か契約精霊持ちが居る。

特に参考にしたかったのが、ブリジットと同じように微精霊を契約精霊に持つ使用人の話だったのだが……誰に聞いても、有力なヒントは得られなかった。

というのも、そもそも微精霊との意思疎通は不可能と言われているからだ。

彼らと契約した人間は、生活魔法と呼ばれるほんの小さな奇跡を起こすことができるが、その回数も一日数回に限られている。そのことからも、微精霊には契約者に応じられるような、明確な個性は宿っていないと言われている。

そして微精霊と契約した貴族の子息令嬢は、大抵は、魔法学院には入学しない。

理由は明快で、学院生活で恥をかくのが分かりきっているから、両親が反対するか、本人が入学を拒否するからだ。

ブリジットの場合は恥さらしと分かっていても、炎の一族と謳(うた)われる伯爵家の長女を魔法学院に通わせないわけにもいかず――こうして入学自体は果たせたのだが。

焦る合間にも授業は進んでいく。

二十人の生徒は、ネームプレート順に次々と契約精霊とのコミュニケーションを披露していく。

(いいなぁ、サラマンダーのあのギョロッとした目、可愛らしくて好きよ。あの黒髪の女の子は、ブラウニーと契約してたんだ……カーシンの妹さんと一緒ね)

そしていざ始まると、ブリジットは焦りを忘れて単純に授業を楽しんでしまっていた。

だって本で見ただけの精霊たちが、実際に目の前で鮮やかに動いてみせるのだ。これが楽しくないわけがなかった。

ブリジットのみならず、他の生徒たちも純粋に目を輝かせていて、ときにはそこかしこから歓声が上がった。

気がつけば誰もが観客のひとりとして、生徒と精霊のやり取りや、一芸を披露する姿に見入ってしまう。

(ジャックフロストを顕現させるために、ああやって重い氷をたくさん持ってきていたのね……うんうん、愛を感じるわ。素敵。わっ、エインセルなんて珍しい……ち、近くに来てくれたー！）

愛らしい小妖精の姿をしたエインセルが、透明な羽を動かし、ブリジットの頭の周りを飛び回ってクスクスと笑う。

ブリジットはそうして、多種多様な精霊たちに囲まれてすっかり癒されていたのだが。

「では次はニバル君ね。よろしくね～」

マジョリーに呼びかけられ、堂々と立ち上がったのは、級長でもあるニバル・ウィアだった。

ニバルは友人たちから声援を送られながら、全員の前に立つが――しばらく経っても、何もしようとはしない。

訝しげな空気が訓練場に広がっていくと……満を持したように、ニバルが口を開いた。

「マジョリー先生。この中に、この授業に相応しくない生徒がひとり居ると思うんですが」

――シンとした静寂が落ちる。

何を言い出すのかという顔をしたマジョリーだが、ニバルはそれにには気がつかないまま、ブリジットに鋭く指を突きつけた。

「先生もご存知でしょう。ブリジット・メイデル伯爵令嬢――彼女は、なんの価値もない名無しと契約しているんですよ」

（ニバル……）

ブリジットはげんなりしてしまった。

二日前に絡まれたときから、いやな感じはしていたが……まさか授業の場でもケチをつけてくるとは。

もちろん、今がどういう時間か理解しているブリジットは一言も言い返さなかった。

それは正しい判断だったのだろう。マジョリーはそんなブリジットを見て小さく頷き、ニバルに向き合った。

「……ニバル君。先生は名無しという呼び方は好きじゃないわ。そして今は授業の最中です。軽率な発言は控えてもらえるかしら」

「軽率でしょうか？　俺の言っていることは真実です。他のクラスメイトたちだって、同じことを思っています。そうだろう？」

ニバルが目を向けると、周囲の生徒たちにも戸惑いが浮かぶ。

それは少しだけ、ブリジットには意外だった。てっきり全員、ニバルに同意するかと思っていたのだ。

だが、最も肩すかしを喰らったのはニバルだったのだろう。

狼狽（うろた）えるように生徒たち、ひとりひとりの顔を見るが、誰もが困ったような顔をするばかりで、ニバルに賛同する意見はない。

――ハァ、とマジョリーが深い溜め息を吐（つ）いた。

「……ニバル君。もう結構です、下がってちょうだい」

「はっ？　なんで……」

「あなたに点数はつけられません。その理由は分かるわね？」

「はぁっ……?!」

愕然とするニバル。

そんなマジョリーは彼を放置し、次の生徒の名を呼ぼうとした。

「待ってください！　なんで俺が！」

不審の滲む目でマジョリーの前にニバルは躍り出た。

級長として優等生で通っている彼は、その視線が許せないように両手を大きく振り回した。

「俺は……俺は、ブリジット・メイデルとは違うッ！　問題だらけのあの女をここから追い出すのが先でしょう⁉　どうして俺が……」

「……ニバル君。あまり先生をガッカリさせないで」

マジョリーはニバルから視線を逸らすと、次の生徒の名を呼んだ。

ニバルの仲の良い友人でもある男子生徒が、遠慮がちに立ち上がる。

ブリジットはその様子を、暗鬱な気持ちで見ていたのだが……そのとき、気がついて顔を上げた。

(急に、風の流れが変わった……?)

気がついた次の瞬間、ブリジットの髪の毛が大きくかき乱される。

他の生徒たちが悲鳴を上げた。

その中でブリジットは顔を上げ、ニバルの背後に——暗雲のように立ち込める精霊の姿を見た。

ゾッと、背筋に鳥肌が立つ。

「エアリアル……！」

風の中級精霊、エアリアル。

普段は温厚な性格とされているが、主人の意志に呼応して激しく暴れることがある。

村や町を襲う自然災害の一部は、このエアリアルが巻き起こしたと語られるほどに、危険な側面を持つ精霊だ。

そして今まさに、顕現したエアリアルは正気を失っているように見えた。

世界中の風をかき集めると言わんばかりに、見えない腕が蠢き――見上げれば先ほどまで晴れていた青空さえも、灰色に染まりつつあった。

（このままじゃ嵐が起きるわっ……！　でも……）

魔力障壁は訓練場を囲むように張り巡らされている。

その仕組みは、制御を誤った魔法で周囲に損害を与えないというもので……中に居る人間たちを守るものではない。

つまり――最悪の場合は、この中から死人が出るかもしれない。

「全員、立ち上がって逃げて！」

暴風の中でブリジットは声を張り上げるが、ほとんどの生徒は強すぎる風を前に恐怖し、芝生に伏せてしまっている。

マジョリーだけは果敢にニバルの背後を見据えているが、彼女の契約精霊はコロポックルという陽気な小人たちで、嵐に立ち向かうような強さを持つ精霊ではない。

そして目の前で猛々しく轟く嵐は、マジョリー個人の優れた技量をもってしても、食い止められるような代物ではないかもしれない――。

（このままじゃ……）

それでも諦めるわけにはいかない。

ブリジットは嵐を背後に従えて、無表情で突っ立ったままのニバルに呼びかけた。

せめて全員を庇えないかと、四つん這いの格好で必死に前に出ながら。

「級長！　ニバル・ウィアッ！　今すぐエアリアルを止めてっ！」

「……ブリジット・メイデル……お前は伝統あるオトレイアナに、相応しい人間じゃない」

ますます吹き荒ぶ風の勢いが増した。

（逆効果だった！）

涙目になるブリジットめがけて、とうとう荒れ狂う嵐が向かってくる。

さすがにもう、まともに目を開けていることもできない。

（……私、何もできなかったわ……）

むしろ余計なことをしてしまった、という悔しさと申し訳なさだけが、胸に残る。

せめて傷つくにしても自分だけでありますように、と心の底から祈る。

ニバルが暴走したきっかけはブリジットへの悪感情にあるようだから、その結末ならばまだ罪悪感から立ち直れそうだ。

（でも、そんなことを願ったと知られたら、シエンナはきっと怒るわね。それに……）

視線を奪うほど美しい青の髪を思い出して。

こんなときだというのに、おかしくて少しだけ笑えて、涙が一粒だけこぼれた。

ちっぽけな水滴は風を前に消し飛ぶように消えていく。

（『やっぱりお前は馬鹿だな』とか、言われそう……）

――そのとき。

閉じた瞼の裏側で何かが、強く光ったような気がした。

まばゆい光が、目蓋の裏を満たしていって。

驚き、目を見開いたブリジットは――光っていたのが、自分自身の胸のあたりだと遅れて気がついた。

（何、これ……？）

状況が理解できないまま、光はますます強くなっていく。

そしてその光に触れたとたんに、ニバルのエアリアルが生み出していた嵐が……跡形もなく消滅していた。

「え？」

誰かが、あるいは誰もが呆然と呟く。

それも無理はなかった。

あれほどに猛り狂い、今まさに生徒たちを呑み込まんとしていた暴風が、光に消し飛ばされたかのように霧散したのだから。

そんなあり得ない光景を目にしながら。

ブリジットが夢うつつに思い出していたのは、おかしそうに話すウンディーネの言葉だった。

──『そう、気づいていないのね。あなたが契約しているのは──』

再び、空が明るく晴れ渡ったのを知りながら。

そのまま、ブリジットの意識は途切れたのだった。

「…………う……」

最初に目に入ったのは、白い天井だった。

怠い身体をベッドから起こしたブリジットは、薬品の臭いのするその場所が学院の医務室だと気がついた。

制服が皺にならないようにか、簡易なワンピースのような服に着替えさせられている。

びっくりして確認すれば、火傷痕の残る左手は右手と共に、しっかりと手袋で隠されていて──

胸を撫で下ろす。

誰が着替えさせてくれたか分からないが、こんな気味の悪い傷跡は誰にも見られたくなかったから。

「ブリジットさん。目が覚めた?」

白く清潔なカーテンが開くと、そこから安堵の表情を浮かべたマジョリーが姿を現した。

「マジョリー先生。わたくしは……」

「あなたは気を失ってしまってね。あたしのコロポックルたちにここまで運ばせたのよ～」

ベッドの傍に置かれた椅子に座り、マジョリーが言う。

聞けば、幸い怪我人はほとんど居なかったという。

パニックになって転んだ生徒や、飛来した石が腕に当たった者など数名だけだ。彼らは手当を受け、既に教室に戻っているらしい。

ブリジットは二時間ほど眠り続け、隣の第二医務室では、契約精霊を暴走させてしまったニバルが今も眠っているらしい。

本来、精霊の正しい使役方法を学ぶために学院に通っている身である。ニバルも謹慎は免れないだろうが、退学などには陥らないだろうというのがマジョリーの見立てだった。

「中級精霊が暴走した事件としては、前代未聞に丸く収まったと言えるでしょうね」

ふぅ、とマジョリーが息を吐く。

「……あなたには申し訳なかったわ～、ブリジットさん。あたしが頼りなくて、生徒のあなたに身体を張らせてしまうなんて」

「いいえ、そんなこと！……マジョリー先生なら、なんらかの手は打っていると思ったのですが……」

余計なことをしました、とブリジットは頭を下げる。

契約者と対話して暴走する精霊を落ち着かせられないかと思ったのに、結果的にブリジットが刺激したことで、さらにニバルの怒りを買ってしまったからだ。

落ち込むブリジットに、マジョリーが言う。

「ねぇ。コロポックルの別名、ブリジットさんなら分かるかしら～？」

「……穴掘り妖精？」

正解を意味して、マジョリーが笑った。

秘密よ、と唇の前に人差し指を立てて。

「――この魔法学院の地下にはこっそり、あたしの穴掘り妖精たちが掘ったトンネルが張り巡らされているのよ～」

ブリジットは目を丸くする。

つまり、コロポックルたちはあのとき、トンネルを使ってニバルの足元に潜んでいた――ということか。

（そうよね……いつだって精霊が暴走する危険があるんだもの、学院側にはいくつでも手札があるんだわ）

自分が何もせずとも、ニバルを無力化する算段はしっかり整っていたのだ。ますますブリジットはしょんぼりしてしまった。

だがそんなブリジットに、はっきりとマジョリーは言う。

「あのね、ブリジットさん。生徒たちが全員、大した怪我もなかったのは全部あなたのおかげ」

「……え……」

「覚えているかしら。あなたの身体が光に包まれて、その光がエアリアルの暴風を打ち消したの」

それならなんとなく覚えている。

だが、ブリジットにも、ブリジットと契約した精霊にもそんな芸当は不可能だ。

(微精霊の魔力で、中級精霊の魔法を止められるはずがない……)

何かの見間違いだろうと思う。

だが実際に、それをブリジットが成し遂げたのだとマジョリーは考えているようだった。

「見惚れるほど美しく、練り上げられた魔力の波を感じたわ～」

そのときのことを思い出しているのか、マジョリーはどこかうっとりとしていた。

「それでね、あたし思ったの。ブリジットさんが契約しているのは本当に、微精霊なのかしら?」

「え?」

「もしかしてあなたの精霊は、寝ぼすけさんなだけなんじゃないかしら～ってね」

(眠っている……だけ?)

そんなことがあり得るのだろうか。

ブリジットがマジョリーに質問しようとすると。

「ッブリジット!」

医務室の扉が、激しく開かれた音がした。

そのままバタバタと、足音が近づいてくる。

あまりの騒々しさにブリジットが目を丸くすると、マジョリーが「あらあら」と立ち上がった。

「あたしはお邪魔みたいね。そろそろ退散するわ〜」

（ええっ）

しかし止める間もなくマジョリーはカーテンから出て行ってしまった。

ブリジットは慌てて、乱れた髪の毛やら簡易なワンピースの裾やらを整えようとするが……ほとんど間もなくして。

再び勢いよく開いたカーテンの向こう側に、肩で息をしたユーリが立っていた。

目が合うと彼は、一瞬、驚いたような顔をして――

「…………倒れたと聞いたから。それで……」

どこか言い訳がましく、そんなことを低い声で呟いた。

かと思えばとたんに不機嫌そうに唇をむっと曲げ、先ほどまでマジョリーが座っていた椅子に座る。

小さく溜め息を吐き、何を言い出すかと思えば。

「……まったく、無駄に心配させられた」

「……心配、してくださったんですの？」

ブリジットがポカンとすると、ユーリも次いでポカンと間の抜けた顔をした。

それから、ぶっきらぼうに顔を背ける。

「――違う。今のは言葉の綾だ」

「つまり心配はしていないと？」

「………そうは言っていない」

（面倒くさい……）

でも、と思う。

別邸の使用人以外でブリジットを気遣ってくれる人なんて、今までは居なかった。

こんな風に息を切らしてまで心配して、駆けつけてくれる人なんて、ただのひとりも。

……だからブリジットも、どうにか素直な気持ちを伝えておくことにする。

「……ありがとうございます」

「……別に」

フン、とユーリが鼻を鳴らす。

「それで、何があったんだ？」

詳しくは事情を知らないらしいユーリにそう問われ、躊躇いつつもブリジットは一連の出来事について説明することにした。

その結果、

「やっぱりお前は馬鹿だな」

（やっぱり言ったー！）

いつものやつを喰らったブリジット。

悔しさのあまりシーツをギリギリと摑んでいると、組んだ足の上に肘をつき、ユーリがじとっとした目でこちらを見てくる。

「……お前が矢面に立つ必要なんてなかっただろう。どうしてそう、無鉄砲なんだ」

どうやら、言葉通りに小馬鹿にしているわけではないらしい。

「それは、だって……自分にできることがあるなら、と思うではありませんか」

ブリジットが唇を尖らせると、ユーリは胡散臭そうな目を向けてきて。

それから、ぽつりと呟いた。

「――クラスが一緒だったら気楽だったのに」

「…………？」

独り言のように何気ない言葉だったので、ブリジットは不思議に思いながら耳を傾ける。

「そうすれば僕が、そのエアリアルの暴走も止めていたのに」

「…………」

しばらく、じっと考え込んで。

ようやく、その言葉の意味するところに思い当たって――。

「っっ……!?」

ブリジットは反射的に。

ぐい、とユーリの肩を向こう側に押していた。

「……なんだ？」

「…………」

唐突に押されたユーリは何事かと思っただろう。

だがブリジットには、もはやそんな彼の顔色を確認する余裕もなかった。

「……で、出て行ってください」

「は？」

「わ、わたくし、まだ眠いんですの」

数秒間の沈黙が訪れる。

「まだ眠いって……数時間、大口開けて爆睡してたってさっき先生が」

「大口なんて開けてませんわっっ！」

（いいから出てって!!）

渾身(こんしん)の力を込めて両手で突き飛ばすと、さすがのユーリも蹈鞴(たたら)を踏んでカーテンの裏に弾かれる。

「おいっ、なんなんだ急に」

「そっ、それは――ね、眠くて暴力衝動が抑えられないのでっ！　近くに居ないほうがユーリ様の身のためかとっ！」

「……なるほど。では僕は教室に戻る」

驚くほどあっさりと引かれ、自分でも身勝手なことに少しショックだったが――。

医務室の扉が開く音がした直後に、ユーリがゴニョゴニョと言っているのが聞こえた。

「……よく分からないが……寝るときは口は開けるなよ。乾燥するから」

（だから、開けてませんってば！）

「……それから、シーツを蹴っ飛ばして腹を冷やさないように」

（私は子どもじゃないっ！）

いろいろと言い返したいのは山々だったが――結局ブリジットは何も言えず、そしてユーリもそれきり黙って、医務室を出て行ってしまった。

足音が遠ざかっていったのを感じ取り……それでようやく、ブリジットは肺に溜め込んでいた息を吐き出した。

もしかして何か、不思議な力を使った後遺症でも出てしまったのか。

そう疑ってしまうほどに、今のブリジットはおかしかった。

というのも、

（か、顔が、熱いっ……!!）

触れるだけで、手袋越しに指先も火傷しそうになる。

たぶん、ものすごく真っ赤っかになっているのではないだろうか。

こんな顔を、ユーリに見られるわけにはいかないと思う。……なんとなく。

だが動悸は治まらず、顔の火照りも治らず――ブリジットはしばらく悶々と、広いベッドの上で寝返りを打ち続けたのだった。

……それから一時間後。

ユーリが帰ったあとはほとんど眠りにつけなかったブリジットは、制服に着替えて教室への道を歩いていた。

授業はもうとっくに終わっているのか、廊下にはほとんど人気がなかった。

まだ少し怠いような感覚があるので、時折手すりや壁を伝いながら、ブリジットは重い足取りで進んでいく。

そうして教室に辿り着いて。

何気なく前扉を開けたブリジットは、驚いて固まった。

クラスメイトたちが……ニバルを除いて、全員着席していたからだ。

どことなく暗い顔をしていたクラスメイトたちは、ブリジットに気がつくと立ち上がり、その内の何人かが駆け寄ってきた。

そうして、口を揃えて言うのは。

「――ありがとうございました！　メイデル伯爵令嬢！」

（え？　えっ？）

ブリジットは目を白黒させる。

しかし普段は話したこともない彼ら彼女らは、代わる代わるに続けた。

「ブリジット様が居なかったら、どうなっていたことか……！」

「恐ろしくて、ここで死ぬんだと思ったんです。でもそんなとき、温かい光が守ってくれて」

「あの精霊の力、すごかったです。エアリアルの暴走をいとも容易(たやす)く止めるなんて」

言葉を返す余裕もない。

次から次へと、感謝や労りの声がかけられる。

「お怪我はなかったですか？　本当にごめんなさい、私たちだって勇気を出してエアリアルを止めるべきでした」

「この前の筆記試験のときも……気づいて、ペンをお貸しするべきだったのに」

「僕たち、王子や周りに睨まれるのが怖くて、何も力になれなくて」

ひとりずつの瞳を見れば、すぐに分かった。

誰も嘘を言っていない。勇気が出なかった、怖かったのだと、羞恥を堪えて明かす声には痛みと罪悪感が宿っている。

目の前に立つ女生徒の瞳を、ぽろぽろと涙がこぼれ落ちた。

「あなたはすごい方です、ブリジット様」

――そして。

それらはすべて、ブリジットを心から称えていて。

（……ああ、そうだわ。私）

人の視線が怖かった。

注目を浴びるのが怖くて仕方がなかった。

誰も彼もが、ブリジットを嫌い蔑んでいる。

そう思い込んで……周りの人間を全員、敵のように認識していた。

（……私が、彼らのことを、色眼鏡で見ていた）

勝手に心を閉ざしていたのは、きっとブリジットのほうだ。

誰もが自分を嫌うのだとそう決めつけていた。

もちろん、心からブリジットを嫌う人だっていくらでも居るだろう。

だけど二十人近い生徒が、ブリジットの帰りをこうして今か今かと待ってくれていたように。

「わ、わたくし……」

ブリジットは喉(のど)を震わせながら、そんな彼らに言葉を返そうとした。

しかし同時に、教室の後ろ扉が開き――全員が小さく、息を呑んだ。

一斉に刺さるような視線を浴びながら、ニバルはきっぱりと言い放つ。

「許可をもらって、荷物だけ取りに来たんだ」

（……目立つ怪我はないみたい）

そのことにブリジットは密かに安堵したが。

しかしその首に、先ほどまでなかった光る物を見つけ――はっとした。

目にしたのは初めてだが、恐らくあれは。

（【魔封じの首輪】……）

対象者の魔力を封じ込め、同時にその根源である精霊をも封じる魔道具のひとつである。

重い罪を犯した犯罪者につけられ、流刑に処する際に使用すると聞いたことがあった。

マジョリーは厳しい罰はなくて済みそうだ、というようなことを言っていたが――十分に厳しい処罰だ。

一時的に魔法が使えなくなること、それだけではない。

罰を受けた身だと一目瞭然なのだ。

ニバルは注目を浴びながらも言葉通り、自分の席に向かう。

……しかしなぜか、その途中で踵(きびす)を返すと、こちらに向かって歩いてきた。

自然と周りの生徒たちが、ニバルからブリジットを庇うようにして立ち塞(ふさ)がる。

しかし彼らに、ブリジットは首を振った。

もともと、ニバルが暴走した原因はブリジットにもあるのだから。

「……級長。わたくしに言いたいことがあるなら、はっきりおっしゃっていただいて構いませんわよ」

ブリジットが挑むように鋭く見据えると、ニバルもまたものすごい眼力でブリジットを見下ろす。

周囲で見守る生徒たちが、緊張に唾を呑み込む。

ニバルがゆっくりと、口を開いた。

「その。あ、あ、あり、あり……」

「………………?」

(アアアリアリ……?)

何かの暗号だろうか。

訝しげな目に気づいたのだろうか、ニバルはさらに視線を右往左往させながらも。

やがて――消え入りそうなほど小さい声で、確かに言った。

「――ありが、とう。あなたのおかげで助かった」

……ブリジットは唖然とした。

周りの生徒たちも信じられないというように、顔を見合わせている。

そんなブリジットに向かって、ニバルは苦虫を嚙み潰したような顔でさらに。

「それに今まで……失礼な態度ばかり取って申し訳なかった。謝って済むことではないと思うが、せめて頭を下げさせてくれ」

（今、『ありがとう』って……それに私に謝った……？）

あのニバル・ウィアが。

ブリジットを嘲り、見下していた男が――深く頭を下げて、謝意を表している。

……ごしごし、とブリジットは目を擦った。

「……ごめんあそばせ。わたくしまだ、夢の世界に居るようですわ」

「ゆ、夢じゃない。この通りだ。本当に申し訳なく思っているんだ」

「……やっぱり夢？」

「違うっ。信じてくれぇっ！」

もはや床に頭がつきそうなくらいに頭を大仰に下げるニバル。

さすがにここまで来ると、「信じない」と言うわけにもいかず……。

しかし「そうですか」とは受け入れがたいので、ブリジットは声を潜めてそんなニバルに問いかけた。

「……いいんですの？」

「………」

「公の場で、わたくしに頭を下げたなんてジョセフ殿下に知られたら――」

「……そうだな。俺も家も、タダじゃ済まないかもしれない。でもそもそも、精霊を暴走させた時点で……王族の側近の道はあり得ない。もう出世街道は捨てたも同然なんだ」

つまり、自暴自棄になったということなのか。

だが顔を上げたニバルは、意外にも晴れやかな顔をしていて、あまりこの事態を嘆いているようにも見えなかった。

そんなニバルに、ブリジットはさらに気になっていたことを訊いた。

「それだけじゃありませんわ。級長、わたくしのことが嫌いだったでしょう？」

「え？」

「そんな相手に頭を下げるなんて、ひどい屈辱ではありませんか」

「それは……」

なぜか、ニバルが言葉に詰まる。

だがやがて、彼は泣き笑いのような表情で肯定した。

「そう……そうだな。俺は、あなたのことが嫌いだった」

（そうでしょうね）

何を隠そう、ブリジットだってニバルのことが苦手だった。

だが過去形ということは、彼は少なからずブリジットのことを認めてくれたのだろうか。

（と言っても、結局自分の契約精霊のことは分からないままだけど……）

そもそも感謝の言葉を受けるべきはブリジットではなく、嵐を消し去り全員を守った精霊のほうなのである。

しかしブリジットが知る精霊の中に、嵐を消滅させる光を放つ精霊なんてものは居ない。

悩みは深まったような気がするが――それはそれとして、ブリジットはニバルに言っておきたいことがあった。

「それとエアリアルのことですが」

「！……ああ。覚悟はできている」

なんの覚悟だろうと疑問に思いつつ、ブリジットは伝えた。

「契約者の怒りに呼応して共に怒ってくれた、とても優しい精霊ですわ。【魔封じの首輪】がある以上は、しばらくお話もできないでしょうけど……そのあとはどうか、労って差し上げて」

（私が言うようなことじゃないと思うけど……）

余計なお世話だ、とそれこそ怒られてしまうだろうか。

そう覚悟したが、ニバルは愕然と目を見開いて。

「あなたは……優しくて強い女性だな。ブリジット・メイデル伯爵令嬢」

挙げ句の果てにそんなことを言ったので、ブリジットは目をむいた。

「や、やっぱりどこか、頭でも打ったのでは……？」

「打ってないっ。それで、これから……何か困ったことがあったらなんでも言ってくれ」

熱に浮かされたような瞳が、じっとブリジットを見つめる。

なんだか似たような言葉を、つい最近、聞いたような気がする。もっと素直じゃない言い様だったけれど。

「あ、あなたの——力になりたいんだ」

きゃあ、と何人か周りの女子が黄色い声を上げる。

その発言には思わず、ブリジットもほんのりと頬を染めた。

「ありがとうございます。……それならひとつだけ、望みがありますわ」

ニバルの顔がぱぁっと輝いた。

「なんでも言ってくれ！　あなたが望むことなら、俺はなんだって——」

「本当⁉　では、エアリアルにまた会わせてくださいな！」

「ああ、もちろ——……エアリアル？」

どこか呆然としているニバルに、コクコクと激しくブリジットは頷く。

「ええ。嵐を呼ぶとされる風の精霊っ！　実物を見たのは初めてでしたの。でも先ほどは余裕もありませんでしたから、次はもっと間近でエアリアルを見つめて観察したいのですっ！」

ニバルが急に、脱力したように床に膝(ひざ)をついた。

きょとんとしたブリジットは、周囲の空気が変化しているのにも遅れて気がついた。

（何かしら……。みんなが、哀れむような目をニバル級長に向けているような……）

そしてブリジットのことは、何やら生温かい視線で見ているような気がする。

その理由を訊こうとしたところで、ニバルが力のない声で言った。

「……分かった。もちろんだ。あなたの望みはなんでも叶える」

まぁ、とブリジットは両手を合わせた。

「意外と親切だったんですわね、ニバル級長って」

「……いや、うん……親切か……ハハ」

(なんで泣きそうな顔を……？)

何がなんだか分からなかったが。

気がつけば、いつもよりずっと自然な笑みを、ブリジットは浮かべていたのだった。

「ジョセフ様……っ！」

人気のない空き教室で、リサはジョセフに抱きついていた。

いつもこうして、邪魔されない場所で彼と甘い時間を過ごすのがリサの楽しみだ。

だが、今日は違う。

リサはジョセフの制服の裾をぎゅっと握り、彼を見上げる。

整った容姿のジョセフは、そんなリサに優しく首を傾げてみせた。

「……リサ。どうしたの？」

「ブリジット・メイデルのことです……！　精霊学の授業で……ブリジットが暴走した精霊の力を、抑えたって！」

どうしてとぼけたりするのだろう、と思いながらリサは必死に訴える。

もちろんジョセフだって知っているはずだ。

だって今日は、学院中がずっとその話で持ちきりで……誰も彼もが、ブリジットの話ばかりを飽きずにしているのだから。

詳細はよく分かってはいないが。

ブリジットがなんらかの力を使って、中級精霊の暴走を抑えてみせたこと。

他の生徒を庇おうと前に出て、ニバルに正気を取り戻すように声をかけてみせたこと。

そんな噂は広がり続け、ブリジット・メイデルは本当に無能で高慢な令嬢なのかと――そう疑う声が、そこかしこから聞こえてくるのだ。

（あいつは〝赤い妖精〟……やかましいだけのうざったい女なのに……！）

リサは焦っていた。状況が、ブリジットに有利な方向に動いている気がしてならないのだ。

しかしジョセフはリサの頭を撫でながら、気のない様子で言う。

「……ああ。ニバルのエアリアルが暴走したんだったね」

まったく危機感のない彼に――リサは歯軋りしそうになる。

なんとか、分かって欲しかった。

その一心でリサはジョセフから身体を離すと、震える唇を開く。

「……あたし、見たんです」

何を？　というように、ジョセフがリサを見下ろす。

「あのニバル様が……ブリジットの奴隷のように振る舞っていたんです!!」

隣のクラスの級長であるニバル・ウィア。

彼はジョセフと小さい頃からの友人同士で、将来はジョセフの側近になることが確実視されていた。

ニバルにはリサも良くしてもらっていた。

彼はいつも、ブリジットは王族の伴侶として相応しくないとジョセフに進言していた。その言葉を聞くたびに、リサも気持ち良くなっていたものだ。

それなのに、とリサは、数分前に見たばかりの光景を思い出す。

「ニバル様は、ブリジットに笑顔で話しかけていて……荷物を持ったり、段差があると気遣ったりしていて。それに変な模様がついた首輪まで着けられて――まるで犬みたいでした！」

それが【魔封じの首輪】だとは気づかず、おぞましい、と二の腕をさするリサ。

「精霊を暴走させて、おかしくなっちゃったのかも……っ。あんなの、とてもニバル様とは思えません！」

「…………」

「だってニバル様は、ジョセフ様の側近候補で！　ブリジットのことなんて、嫌っていたはずで

――」

「……つまりリサ、こう言いたいの？」

それまで黙って話を聞いていたジョセフが、口を開いた。

無表情のまま、淡々と。

「俺はブリジットより優れていない。だからニバルは、ブリジットに従うようになった……って」

（……えっ……？）

思いもよらない発言に、リサの思考が一瞬固まる。

ただ、明らかに、ジョセフはリサの言葉を不快に思っていて――それを理解したとたんに、リサの顔色は蒼白になった。

「あ、あたし、そんなつもりじゃ……ごめんなさいっ、ジョセフ様。あたし……………」

縋りつくように手を伸ばす。

その手を、まるで羽虫でも見るような目でジョセフが見た気がして……びくっとリサは手を引っ込めかけてしまう。

（ど、どうしよう。ジョセフ様を怒らせちゃった。どうしよう……！）

ほとんど泣きそうになりながら、鼻を啜ると。

「――なんてね。冗談だよ、リサ」

甘やかに微笑んだジョセフが、震えるリサの手を取る。

それだけで次第に、リサの呼吸も、震える手も、穏やかさを取り戻していった。

「リサ、考えてみて。ブリジットはどう見ても、ただの無能で厚かましい女だよね？」

「は、はい……っ」

「今はみんな、何かの間違いで騙されているのかもしれないけど……真実はどうしたって揺らがないよ。だから低俗な噂を、気にする必要なんかない」

ジョセフがはっきりとそう断言すると、リサはそうかもしれないと思い始めてきた。

「それにニバルはもともと切り捨てる予定だったんだ。大した能力のない男だから」

「そうだったんですね！」

なんだ。ならば、何も心配なかったのだ。

「あたし、どうかしてました。あのユーリ様まで、ブリジットを気に入っている様子だったから……どうしても気になっちゃって」

「……なんの話？」

温度のない声で問われつつも、リサは絡めた手に気を取られて夢中で答えた。

「よくは知らないんですが、ユーリ様はブリジットと勝負事をしてたらしくて」

「ふぅん……」

要領を得ないそんな説明を前に。

「…………ユーリ・オーレアリスか……」

ジョセフが低く呟いたその声が、浮かれるリサに届くことはなかった。

第五章
落ちてしまったらしく

「……あの、ニバル級長。どこまでついてくるつもりですの？」

もう何度目か分からなかったが、ブリジットが後ろを振り返ってそう訊くと。

ブリジットの歩幅に合わせて小股でついてきていたガタイの良い男は、誇らしげに胸を張ってみせた。

その首には目立つ武骨な首輪を装着しているが、ニバル自身はまったくお構いなしの様子だ。

「どこまでって、ブリジット嬢の行く先ならどこでもお供しますよ」

ここ最近は、そんなやり取りが延々と続いている。

ブリジットはげっそりしていたのだが、ニバルがやたらと嬉しそうにしているのであまり強く言うこともできずにいた。

（気がつけば、私相手に敬語になってるし……）

ニバルはなぜだかブリジットに懐いてしまったらしい。

そもそもジョセフの側近候補のひとりであり、ブリジットを嫌っていたはずなのだが……精霊学の授業でブリジットが結果的に彼の暴走を食い止めたために、どうやら恩義を感じている様子だ。

あのあと、彼は教員たちによって、数日にわたり取り調べを受けたそうだ。

その結果、しばらくは【魔封じの首輪】を着けられることとなったが、本人はあまり気にしていないようである。

しかしユーリが居る――かもしれない場所に今から向かう予定のブリジットとしては、どうしてもニバルの存在が気にかかる。

「もう結構なので、このあたりでお帰りいただけませんか？」

「ハハハ。そう遠慮しなくても」

（遠慮とかじゃないんだけど……）

自分でもよく分からないが……この先に、ニバルを連れて行きたくないような気がする。

どうしてそんな風に感じるのかは、よく分からないが。

ブリジットは首を捻(ひね)りながら、図書館の横の庭園……に向かおうとして、直前で図書館へと行先を変えた。

煉瓦造りの建造物の中を、慣れた足取りで進んでいく。ニバルはあまり馴染(なじ)みがないのか、物珍しそうにきょろきょろしていた。

――心のどこかで『居ませんように』と祈りながらも。

初めて見かけた閲覧スペースの、いつもの席にやはり彼の姿はあった。

青く艶めいた髪の毛に、冷たい黄水晶(シトリン)の瞳(ひとみ)。

陽射(ひざ)しを知らないように白い肌と、スッと通った鼻梁(びりょう)。

美貌の令息の姿には、このところ見慣れてきたつもりだったがやはり目を奪われてしまって。

「…………？」

そうして、じいっと見惚れるブリジットの視線に気がついたのか。

本から顔を上げた彼と、思いきり目が合う。

ユーリは瞬きしてから、何気なくブリジットの背後へと視線を移し……軽く目を見開いた。

――やっぱり、とブリジットは思った。

彼の誤解を解こうと口を開きかける。

だがブリジットが言うより先に、ユーリが納得した様子で呟いた。

「ブリジット。それがお前の契約精霊か」

「――――違いますけどっ⁉」

（言うに事欠いて⁉）

どういう勘違いだ。ブリジットは信じられない思いで否定した。

するとユーリは意外そうにブリジットとニバルを見比べる。

「……そうなのか？　雰囲気が似ているから、てっきり……」

「面白くない冗談はやめていただけますか！」

「僕は冗談は言わないが」

（余計悪いわよっ！）

しかしわなわなと拳を握って震えるブリジットの後ろで、ニバルは照れくさそうに頬を染めて頭をかいている。

「俺は――その、吝かではないですが」

「わたくしは吝かだわ……」

げっそりと呟くブリジット。

だがニバルはまったく気にしない様子で訊いてくる。

「それでブリジット嬢。図書館にはなんの御用で？」

「なんの用って、ユーリ様に……」

ブリジットは思わずそこで黙り込んだ。

今、無意識に――なんだかすごく、変なことを言いかけてしまったような。

「――ユーリ様が邪魔だなぁと思いつつ、本を読みに来たのですっ！」

「は？」

ユーリが眉を寄せる。

ブリジットも、自分は何を言っているのかと慌てた。誤魔化すにも、もう少しマシな物言いがあったはずだ。

するとニバルは何を勘違いしたのか、大きく頷いて制服の袖をまくった。

「なるほど。では俺がこの男を排除しましょう!!」

（ええっ!?）

なんでそうなる。

ブリジットは慌てて、ユーリに向かおうとするニバルの腕を摑んだ。

「ちょっと！　ニバル級長、何もしないで結構ですからっ！」

「そういうわけにはいきません！　だってさっき、この男が邪魔だと」

「あ、あれは――」

違う、と言いかけてブリジットは言葉に詰まる。

だっていったい、どういう言い訳をすればいいのか。

（ユーリ様に会いに来た――なんて、言えるわけないのにっ……！）

「あのぉ。図書館ではどうかお静かに～……！」

そんなタイミングでのことだった。

本棚の隅から、ひょっこりと眼鏡の女性司書が顔を出す。

ブリジットとユーリが言い争っていると、よく注意してくる司書だ。気が弱そうなので、他の司書から面倒な利用客への対処を押しつけられているのかもしれない。

「ああ、すみません。これはですね――」

根が真面目なニバルが、説明しようと司書に向き直る。

その一瞬の隙をついて。

「……こっち」

「え？」

音もなく寄ってきたユーリが、ブリジットの右手を後ろからぐいと掴んだ。

小走りをするユーリに、ブリジットは引っ張られる。

背後からニバルの声が聞こえるが、ユーリは足を止めなかった。

ニバルを攪乱するためなのか、閲覧スペース横の本棚の間をジグザグと、二人で通り抜けていく。

図書館の構造には詳しいのだろう。ユーリは一度も迷うことなく、最も奥まった辞書置き場までやって来ると、そこでようやく立ち止まった。

そうしてブリジットは、繋いだ手を呆気なく離されたのを少し心細く思う。

同時に、気がついた。

(振り解こうなんて、少しも思わなかった……)

少々埃っぽい暗がりの中、ユーリが振り向く。

少しだけ、表情が読みにくかった。

「……それで、あれは?」

「あれって……」

「誰?」

じっと、物静かな瞳がブリジットを見つめる。

それだけで不思議と――動悸が激しくなって、ブリジットは目を逸らした。

「か、彼は……わたくしのクラスの級長ですわ。ニバル・ウィア子爵令息です」

「知らない名前だな」

（そりゃあ、ユーリ様が気に留める名前なんてなかなかないでしょう……）

呆れるような気持ちでいると、ユーリが淡々と言う。

「あいつ、すごくうるさいな」

「……そうですわね」

「もしかしたらブリジットよりも」

「き、聞き捨てなりませんわねっ！　さすがのわたくしもあそこまでやかましくありませ――っ」

ムカっとして言い返しかけたときだった。

――ふいに。

とん、とユーリの右腕が本棚を軽く押した。

本棚とユーリに挟まれるように密着されたブリジットは、何事かと目を丸くする。

でも発言を許さないというように、次いで口元を覆ったのは彼の左手で。

「……!?」

覆いかぶさってきた身体が自由を柔く奪う。

それでもう、すっかり動転してしまった。

「むっ!?　むぐ――」

「…………………静かに」

しー、とユーリが、子どもにやるように口の前で人差し指を立てた。

それを触れるほど間近で目にして、ブリジットの呼吸がきれいに止まる。

――それは恐らく、長くて数十秒の。

しかしブリジットにとっては、永遠に感じるような時間で。

「ブリジット嬢？　ブリジット嬢～！　どこですか？」

「あ、あのぉ。だからっ、図書館では騒がないでくださいい……！」

バタバタとした足音と声が、二つ隣の本棚あたりから響いてくる。

だがそんな騒がしい追手たちは、結局、二人が隠れる薄闇には辿り着けずに……また気配は遠ざかっていった。

それから、しばらくすると。

ようやくユーリは、ブリジットの口を塞いでいた手を離した。

同時にへなへな、とブリジットは力なくその場に座り込んでしまう。

「……ブリジット？」

訝しげに名前を呼ばれても、返事を返す気にもなれない。

だって、

（意外と手、大きい……）

それに、距離が近いせいでよく分かった。

細身で華奢と思っていた彼が、自分よりずっと身長が高いことだとか。

石けんの良い香りがしたこととか。睫毛がびっくりするくらい長いことだとか。

あとはあとは、もう全部が。

「……もしかして、息を止めていたのか。大丈夫か？」

（こ、れがっ、大丈夫に見えるんですかッ……！）

そう怒鳴りたかったが、本当に呼吸が苦しくて。

顔は上げられなかったし――もううまく、返事もできなかった。

（最近の私、おかしいわ……）

お昼休憩の時間、食堂にて。

ブリジットは四人席のテーブルで、クリームパスタを優雅に口に運びながらそう思っていた。

隣の席からは、サンドイッチを注文したニバルがにぎやかに話しかけてきているのだが……思考に没頭しているブリジットの耳にはまったく入ってこない。

そう。最近の自分はおかしい。

放課後になると、否――より正しく言うなら、いつでも気がつけばユーリのことを考えてしまうのだ。

ユーリの表情、声、仕草、言葉……そしてそれらをひとつずつ思い出すたびに、みるみるとブリジットの顔は熱っぽくなってしまって。

挙げ句の果てには、青いものや黄色いものを目にすると、条件反射のようにユーリの横顔を思い浮かべてしまう始末である。

(昨日はシエンナにも、『何か悪いものを食べたのでは』とか心配されちゃったし……)

『きれいに咲いていたから、庭師のハンスに分けてもらいました』

そう言いながら、シエンナが切り花にしたオキシペタラムを見ていたら、ふと――その青さにユーリを連想してしまったのだ。

真っ赤になったブリジットを、シエンナは慌ててベッドに寝かせたのだったが……明らかに、現在のブリジットの状態はおかしい。

そしてその原因にも、本当は心当たりがあった。

屈辱ではあるが、認めないわけにはいかないのだろう。

たぶんこれは、

(嫉妬……! 私、ユーリ様に嫉妬しているんだわ!)

間違いないだろう、と断定し、ブリジットは強く拳を握る。

ユーリ・オーレアリス。

水の一族の四男にして、二体もの最上級精霊と契約した前代未聞の天才。

もともとブリジットは彼の存在を意識していた。

炎の一族の長子として、優秀な彼と比べられることも少なくなかったからだ。

そしてユーリと出会い、二人でよく話をする仲になってからは、ますますユーリが優れていると再認識させられてばかりで。

ライバル心を刺激されたからこそ、気がつけば彼に会いたくなり、また嫉妬を覚えてしまう……

きっと自分はそういう悪循環に陥っているのだ。そうに違いない。

というのも、

（精霊学の授業も、すごかったらしいし……）

ニバルが契約精霊を暴走させる事件を起こして、屋外魔法訓練場はしばらく使用禁止となったのだが。

昨日はユーリのクラスでも、遅れて精霊とのコミュニケーションを披露する授業が行われた。

そこで彼はウンディーネと滑らかに会話する様子を披露し、あまつさえ二人で魔力を練り上げ、極大の水魔法を空に放つ様子をまざまざと他の生徒たちに見せつけたのだという。

それをブリジットは、最近少しずつ話すようになったクラスメイトの女子から聞いたのだった。

ユーリのクラスにはジョセフやリサが居るが――それを差し置いてでも、ぜひ間近で見てみたかったと思う。

（できることなら私も近くで見たかった……！）

「げっ。ユーリ・オーレアリス……」

「！」

そんなとき。

ニバルの呻くような声が聞こえて、ブリジットは弾かれたように顔を上げた。

見ればそこには、ユーリ本人が立っていた。

「ユーリ様……」

「ああ」

気のない返事をしたユーリが「ここ、いいか」と呟く。

ニバルが「はぁ？」と胡散臭そうに顔を歪めた。

「いいわけないだろ。俺とブリジット嬢の安らぎの時間を邪魔するな」

「どうぞ」

「ブリジット嬢⁉」

断る理由もないのでブリジットが頷くと、ユーリが向かいの席に腰を下ろす。

ブリジットは気にせず貴族令嬢らしく落ち着いた所作で、パスタを口に運びながら、

（なっ、ななななんで急にユーリ様が来るのよ……⁉）

実際のところ、心の中では盛大にパニックになっていた。

（気を抜いたらフォークを持つ手が震えそう……！　い、いえ駄目よっ、耐えなければ！　ゼッタイに変に思われるもの！）

思い出すのは——そう、つい数日前の図書館での出来事である。

ニバルから隠れるために、ユーリと手を繋いで。

光の射さない暗い本棚の間に隠れながら、息を殺してやり過ごした。

まるで、世界に二人きりしか居ないようで……。

あのあとはあんまりにも恥ずかしくて、何か変な言い訳を口走りながら逃げてしまったのだが。

（っああ、もう……）

口元を覆った大きな手の感触も、いまだに残っているような気がして。

あのときのことを思い出すと、ブリジットの心臓はどくどくとうるさく騒いで、言うことなんてちっとも聞かなくなってしまう。

最近は毎日こんな調子で、本当に参っているのだ。

「それで、俺に何か用か？」

「逆に訊きたいが、どうして僕がお前に用事があると思うんだ？」

ブリジットが黙っている間にも、ユーリとニバルはつっけんどんに会話している。

だがニバルがそう訊いたのも無理はない。普段ユーリは個室を使うことが多かったはずだ。

なぜ、今日はテーブル席に――しかもわざわざ、ブリジットとニバルの居る席を選んだのだろう。

見回せば、他にもちらほらと席は空きがあるのに。

（もしかして私が居たから、とか――）

……なんて、自意識過剰なことを考えかけたとき。

ブリジットは気がついた。

（……？　あれ……？）

ユーリの様子が、いつもと少し違う気がする。

うまくは言えないが、なんとなく違和感を覚えて……その感覚を逃す前に、問うた。

「あの、ユーリ様……もしかして寝不足ですか？」

給仕が運んできたのも、小皿に載ったサラダだけで。

それに手をつけることもせず、ユーリがブリジットに視線を向けた。

「違う」

冷ややかな否定の言葉。

だが、常のような鋭さはない。

(寝不足……じゃなくて熱中症とか?)

心配に思うが、そういう気遣いの言葉がうまく口から出てこない。

そうしてひとりで悶々としていると。

「どうしてあれから、図書館に来ない?」

逆にそう問われ、ブリジットは硬直してしまった。

あれから――というのはもちろん、あの日のことを指しているのだろう。

先ほどまでもそのときのことを回想していた、なんて知られているわけはないだろうが、ブリジットを見つめるユーリの瞳には、なぜだか切実な色があるようにも見えて。

「……ちょ、ちょっと野暮用がありまして」

結局、ブリジットは誤魔化し気味にそんなことを言った。

ついでに照れ隠しに、バサリと扇子を広げつつ、

「お、オホホ。もしかしてユーリ様ったら、わたくしが来なくて寂しいんですの?」

と冗談交じりに揶揄するようなことを言ってみる。

きっと普段通りに、ものすごーく失礼な言葉が返ってくるに違いなかったのだが、

「……まぁ、そうだな」

（え⁉）

まさかの同意が返ってきて、ブリジットは耳を疑った。

やっぱり、今日のユーリはおかしい。

おかしいというか異常である。もはやブリジットの不調を超越するほどに。

「ユーリ様、もしかして拾い食いとかしたのでは……？」

「お前と一緒にするな」

鼻を鳴らすユーリ。

だが、どことなく元気のない彼に、ブリジットはおずおずと手元のそれを差し出した。

「……あの、これどうぞ」

「え？」

「デザートのプリンです。甘い物なら、食べやすいかと思いまして」

ブリジットは甘い物が大好きで、プリンだってもちろん好きだ。

でも別邸に帰ればパティシエのカーシンが毎日のように新作デザートを提供してくれるので、お昼は我慢しておくことにする。

しばらくユーリは黙ったままだった。

余計なことをしただろうか、とブリジットがそわそわしていると。

ユーリはやがて、ぽつりと呟いた。

「お前、いいヤツだな」

「ひぃっ……！」

ブリジットは恐怖のあまり震えた。隣ではニバルも「うわぁあっ！」と恐ろしげに叫んでいた。

（やっぱりおかしいわ、今日のユーリ様……!!）

だがその理由が、ブリジットにはよく分からなかった。

――そしてその理由を彼女が知ることになるのは、それから数時間後のことである。


ユーリの身に何が起こっているのか。

それをブリジットが知ったのは偶然だった。

ユーリに寂しい、と面と向かって認められたからには、今日こそは図書館に行こうとブリジットは決めていた。

読みたい本はいくらでもある。まだ返却期限は来ていないが、借りたままの本だってそろそろ返さねばならない。

（避け続けるのも、なんだか変だし……）

昼間会ったユーリの様子が気になっていたので、それを確かめる意味合いもあった。

ニバルはといえば、誠心誠意に断ったら、「それなら図書館までお見送りします！」と言い張ってついてきてしまったのだが。

そんなブリジットがたった今、目にしているのは——図書館の前で何やら言い合いしている、男女の姿で。

「ユーリ様、これから一緒にお茶でもどうですかっ?」

「結構だ」

そしてそれは、二人とも知っている人物だった。

「頭がいいいんだから、図書館なんて行く必要ないじゃありませんか!」

「意味が分からないが」

ぎゃーぎゃーと激しく叫ぶリサと、そんなリサを避けて入館しようとしているユーリ。

ユーリはうざったそうに、まとわりつくリサから身をかわそうとするのだが、彼女は彼女で、いちいちユーリの進行方向に回り込むような動きをしている。

見れば館内では、いつもの眼鏡の司書がオロオロと歩き回っている。

騒がしいし、他の利用者たちが入りにくいので注意したいが——館外なので、声をかけにくいというところだろうか。

今も図書館の周りでは数人ではあるが、言い合うユーリとリサを遠巻きに見る生徒たちが居る。

リサの声が不用意に甲高いので、結果的に人を集めているような状況だ。

そしてリサの、顔面に貼りついた笑みらしきものを見ながら、ブリジットは嫌な予感を覚える。

先ほどから、彼女は何かタイミングを狙っているように見える。

(これ、まさか……)

リサが狙っているのは。

気がついて、二人の間に割り込もうとしたときだった。

ちら、とリサがブリジットを横目で見ながら、大仰に叫んでみせた。

「第三王子に逆らったりしたら、さすがのユーリ様でも立場が危ういと思いますけど！」

――やっぱり、とブリジットは歯噛みする。

（公衆の面前で、ユーリ様の立場を陥れようとしてる……！）

王は臣下を選び、臣下もまた王を選ぶ。

ユーリは名高い公爵家の一員だが、諸侯の頂点にある王族とはそもそもの立場が違う。

おそらくリサは、ユーリの態度が相応しくないのだと人前で指摘するために、わざとユーリに絡んでいたのだろう。

周囲の生徒たちが顔を見合わせ、ヒソヒソと声を交わし合う。

だが焦るブリジットと異なり、ユーリは冷静なままだった。

「知らなかったな」

「え？　何をです？」

「第三王子は女だったのか」

（うわぁあ……！）

ブリジットは顔を引き攣らせる。

なんというか、さすがユーリだ。

リサは、第三王子ジョセフがブリジットに婚約破棄を告げたその場で、ジョセフ本人から庇われ、慈しまれたという経歴を持つ少女。

だが、今のところは二人が婚約をしたというような情報はない。

つまりリサは今はただの男爵家の令嬢でしかないのだと、ユーリは突きつけてみせたのだ。

（そうだったわ。ユーリ様が怯むわけがない）

以前も彼は、ジョセフとリサ相手にまったく動じず、むしろ皮肉っぽい言葉で応酬していたのだったと思い出す。

高飛車でいえば右に出る者は居ないブリジット相手にも同様である。そんなユーリが、リサが相手だろうと丸め込まれるわけがないのだった。

しかしリサはきょとんとすると、可愛らしく小首を傾げて。

「……は？　ジョセフ様は男性ですけど？」

「…………」

思いがけない返しに、ユーリが沈黙する。

（ユーリ様にあそこまで言われて引かないなんて……）

というか、たぶん嫌みに気づいてすらいないような。そんな気がする。

ブリジットは、今までリサと直接話したことはない。

婚約破棄されたあの日、リサは嘘を吐き、そのせいでブリジットは一方的に悪者のように扱われたが、彼女自身に対してもあまり思うところはないのだ。

だが――今日ばかりは。

ブリジットがそう決めると、ふと、ユーリと目が合い……でも彼が何か言う前に、ブリジットは行動した。

余計なことだと思われてしまうとしても、構わない。

「セルミン男爵令嬢」

外野から呼びかけると、リサは一瞬、鋭くブリジットを睨んだ。

しかしすぐに視線は外れる。

というのも、ブリジットを庇うようにニバルが前に出たからだ。

「ニバル級長……」

「ご心配なく、ブリジット嬢。こんな小物、俺の相手ではないので」

なぜか肩を回しながら、そんなことを言うニバル。

まさかリサと殴り合いの喧嘩でもするつもりなのか、とブリジットがハラハラしていると。

まず口を開いたのはリサだった。

「ニバル様。ご主人様に首輪まで着けられて、随分と楽しそうですねっ？」

「……は？」

ブリジットとニバルは同時に首を傾げた。

その様子がおかしいように、またリサがケラケラと笑う。

「まるで節操のない大型犬みたい！　飼い主のレベルが低いから、仕方がないのかしら？」

（……ええっと。これ……本気で言ってるの？）

揶揄しているようには見えない。

なんというか、心の底からニバルとブリジットを馬鹿にしているようだ。

前に出たままのニバルは、呆れたのかすっかり沈黙している。

どうやら彼には、言い返す気力もないようなので――代わりにブリジットは一歩前に出ることにした。

「リサ・セルミン男爵令嬢。何を勘違いしているのか知りませんが、ニバル級長が着けているのは【魔封じの首輪】ですわ」

「は？　まふうじ……？」

どうやら本当に知らないらしい。

てきぱきとブリジットは続けた。

「一年次の魔法基礎学のテキスト、百三十六ページ」

「……は？」

「右側の欄外に書いてありますわよ、【魔封じの首輪】の解説」

ようやく――。

ニバルの首に輝く物が、どういう物なのか。分かってきたらしいリサの顔が、徐々に赤くなっていく。

「つまり、彼が着けているのは、わたくしが提供した首輪などではありませんわよ。当たり前ですけどね」

「…………」

「加えて言うなら、ニバル級長はとても生真面目な方ですので、明日にはこの魔道具は外される予定ですわ」

「生真面目なんて……嬉しいっス、ブリジット嬢！」

「あなたは別に、そこで泣き出さなくていいのよ級長」

「そんな……じゃあ俺は、この感動をどう表現したら」

「表現しないで結構よ。胸の中に仕舞っていてちょうだい」

するとそのタイミングで、いくつかの笑い声が起きた。

笑っているのは、先ほどまで独壇場を演じていたリサではない。

見物していた生徒たちが、どうやらブリジットとニバルのやり取りに笑いを抑えきれなくなったらしい。

だがそれが、醜態を晒した自分自身への嘲りのように聞こえたのか。

ますます強く、リサの頬に赤みが差した。

そして彼女は、ギラギラとした目でブリジットを睨みつけると。

激しく憎悪の籠った口調で叫んでみせた。

「――――あたしを馬鹿にするなっ！　〝赤い妖精〟風情がっ!!」

〝赤い妖精〟。

悪しきその名でブリジットを呼んだリサが、立て続けに言う。

「ジョセフ様に捨てられた、なんの取り柄もない惨めな女が、彼に愛されているあたしに偉そうに話しかけないでッ！」

その場の空気が一瞬で凍りつく。

ブリジットは黙って、そんなリサを見つめた。

（言葉だと、たぶん彼女には理解してもらえないかも……）

それでも、このまま好き勝手に喋らせておくわけにはいかない。

ブリジットの名誉のためというより――リサ自身のためにも。

「セルミン男爵令嬢、わたくしは」

「――あなた、お父上に取り替え子って言われたんでしょう？」

しかし。

その言葉に、ブリジットの唇の動きは中途半端に止まってしまった。

勝ち誇ったようにリサがニヤリと口端を吊り上げる。

「だから知能が低いのかしら？　それに翠玉の目も不気味に光って、気味の悪い魔物のようだわ！」

（……やめて）

うまく声が出ない。

（父の話は、やめて……）

知らず、身体に震えが走る。

心臓が早鐘を打つ。いまだ醜い火傷（やけど）痕の残る左手を、右手で庇うように掴んでも、うるさいままで。

『少しは期待に応えてみせろ、この無能！』

幼いブリジットを責め立てる父の声。

契約の儀から帰るなり、応接間に連れて行かれ、燃え盛る暖炉へと手を突っ込まれた。

覚えているのは肉の焼け焦げる音。感触。

滂沱の汗と鼻水と、全身が狂おしいほどに熱くて、もがき苦しんで泣き喚（わめ）いた。

――お願い、やめて、と。

痛いです、熱いです、許してください、許してくださいおとうさま、ごめんなさい、駄目な子でごめんなさい、おとうさま、おとうさま、おとうさま……と、何度も何度も許しを乞うた。

しかし父はブリジットの手を離さなかった。

そして最後に、温度もなく吐き捨てたのだ。

『コレは、俺の子どもじゃない』

（苦しい………）

いまだに何か調子づいて叫んでいるリサの顔を、ブリジットはぼんやりと眺めるが、うまく彼女の声は聞き取れない。

夢の中に漂っているかのようだ。ただし幸福な夢ではない。

そうしてブリジットは、茫然自失しながらも、今さらに不思議に思った。

あのときは、疑問に思う余裕すらなかったけれど。

（そういえばあのとき、どうして……応接間の暖炉は燃えていなかったのだろう……？）

――ぞわ、と。

思考を妨げるほどの悪寒（おかん）が背筋を駆け抜け、ブリジットは身震いした。

もはや夢の中には居られない。

何事かと思えば、見える限りの世界はすべて、霜に覆われていて……ブリジットは静かに目を見張った。

震えるほどの冷気。あり得ない現象が起こっている。

（……今って、初夏……よね？）

まさか、と思う。

この場に居る人間で、こんな芸当ができるのは。

（ユーリ様……？）

だが、声は出ない。ただ唇から白い息が漏れるだけだ。

それに身体も、凍りついたように自由が利（き）かなかった。

なんとか視線だけを動かせば、冷然とした無表情のユーリが目に入る。

先週、ニバルがエアリアルを暴走させたときとは違う。ユーリの背後に従える精霊の姿はないからだ。

ただ、彼の強すぎる魔力が空間に溢（あふ）れ、この場を圧倒――否、制圧している。

そうしてブリジットやリサ、ニバルを含め、誰もが動けない中。

ユーリだけは、冷気をまとう顔をいとも簡単に持ち上げてリサを睥睨（へいげい）してみせた。

白く凍った世界で彼は誰よりも美しかったが、その視線は刃のように鋭かった。

「――第三王子の代行者にでもなったつもりか？　しがない男爵家の令嬢が」

恐ろしく冷たい声音（こわね）。

ユーリがそんな風に話すのを、目にするのは初めてで……ブリジットはひどく驚く。

「……、……」

リサの顔が一瞬にして恐怖に染まった。

だがその足も、地面に張りついたように動かすことができない。

「以前にも僕は忠告したはずだ。今後、余計な手出しをした場合は看過できないと」

（……？　余計な手出し……？）

その言葉の意味を、リサ自身は分かったのか。

身体を這（は）い上がる冷気のせいだけではない様子で、彼女の顔が白くなっていった。

「忠告をこうして無視した以上、覚悟はできているということだな」

「……！」

（いけない……！）

怯（おび）えるばかりのリサの足を、霜が覆っていく。

止めなければ、とブリジットは思った。

でなければ確実に、ジョセフとユーリ――より正しくは王族とオーレアリス家の間に、決定的な亀裂が入ることになる。

リサは王族であるジョセフが懇意にしている少女なのだ。

彼女に暴力を振るったという扱いになれば、ユーリの前に広がっているはずのまばゆい未来が鎖されることになるかもしれない。

そんなことを考えると、それだけでもう、ブリジットは耐えられない。

（ユーリ様を止めないと……）

先日の授業のときは、エアリアルが起こした嵐を、ブリジットの精霊――と思われる――が消滅させてみせた。

だが先ほどから何度呼びかけても、精霊はブリジットに応じない。だから自力でどうにかするしかないのだ。

そして、ブリジットは気がついた。

（……私、両手だけは動かせるかも）

その理由にも遅れて気がついた。

ブリジットはいつも、白い手袋を身につけている。

以前は別の物を使っていたが、これはオトレイアナ魔法学院に入学する際に、別邸の使用人たちがブリジットのためにプレゼントしてくれたものだ。

竜の皮と鱗、それに炎でも焼き切れないと称される魔蜘蛛の糸――一流の冒険者が使うような素材ばかりをふんだんに使っている手袋だ。
伯爵令嬢が身につけるものとしては、あまり相応しくないかもしれない。
それでもブリジットは、彼らの心遣いが本当に嬉しかった。
二度と誰にも傷つけられないようにという、祈りにも近い願い。
贈り物に込められたそれを感じて……本当に嬉しくて、仕方がなかったから。
そして今、そんな手袋に守られた両手だけなら、どうにか動かすことができる。
（ユーリ様っ……！）
考える暇はなかった。
ブリジットは隠しから取り出したそれを、渾身の力で投げつける。
（お願い、当たって……！）
――そして狙い違わず。
それはユーリの頭に、見事に命中（ヒット）した。
ブリジットが隠しから取り出し、ユーリに向かって投げつけたもの。
それは――小さな水の魔石である。
すると頭に喰らった石を、地面に落ちる前に片手でぱしりと掴んで。
その正体を確認したユーリがゆっくりと顔を上げた。
こめかみに青筋が立っていた。
「…………………おい」

（ぎゃっ！　キレてる！）

「す、すみません！　今度ウンディーネに会えたら、お近づきの印に渡そうと思っておりまして！」

「人の精霊に色目を使うな」

「固いこと言わないでくださいまし！」

静かながら、明らかに怒気の滲んだ顔つきにブリジットは怯える。

しかし後退ったことで――いつのまにか身体の自由を取り戻しているし、声も出ることに気がついた。

見回せば、視界を覆い尽くしていた霜は溶けて消えている。

ユーリと目が合うと、彼はすこぶる不機嫌そうではあるが、先ほどまでの冷徹な雰囲気を消失させていて……それを見てブリジットは、大きく息を吐き出した。

（……良かった）

この空間に凍りつき、囚われていた生徒たちがバラバラと逃げ出す。

彼らの多くがユーリのほうを見て、怯えた表情をしていた。

また、良からぬ噂が出回るかもしれない。だがユーリが強すぎる魔力を発現させ、大多数の人を巻き込んだのは事実だから、悔しいがとても説得することはできないだろう。

彼が――他でもないブリジットのために怒ってくれたのだとしても。

「セルミン男爵令嬢」

だからブリジットはせめてもと、リサに声をかける。

拘束が解けたにもかかわらず動けずに居たリサは、ブリジットのほうを見たが、その瞳にはより強度の増した憎しみが浮かんでいるようだった。

だがブリジットは動じず、彼女に話しかけた。

「——わたくし、今日はあなたとお話できてとても安心したわ」

「……？　何を……」

「ジョセフ殿下って、馬鹿な女が好みのタイプなんですって」

また、リサは何を言われたか分からないような顔をする。

なら、とブリジットは噛み砕いて……にやっとした笑みも加えて、言ってやった。

「——女性の好みにお変わりがないようで、安心したの」

「………ッッ！」

再び逆上したリサは、怒鳴ろうとしたのか大きく口を開いた。

だが、さすがに分が悪いと気がついたのか。

「……覚えてなさいよッ、ブリジット・メイデル！」

つまらない捨て台詞(せりふ)を吐いて。

肩を怒らせて大股(おおまた)で帰っていく彼女を見送り、「あらやだ、お行儀が悪い」とブリジットは目を丸くしてみせた。

そんなブリジットに、ユーリが正面から近づいてくる。

「やはりお前、性格が悪いな」

「ユーリ様にだけは言われたくありませんが」

軽く言い合ってから、ブリジットはユーリに向き直った。

「……庇ってくださってありがとうございました、ユーリ様」

そして深く、頭を下げる。

あのままリサが言葉を続けていたら。

きっとブリジットは泣き出していた。それでリサが喜ぶような結果になったとしても、耐えることはできなかっただろう。

(自分の弱さがいやになる……)

だが悄然とするブリジットに、ユーリはいつもの調子で返してきた。

「お前を庇ったつもりはまったくない」

「……そうなんですわね。でもわたくしは、嬉しかったのですが」

腕組みをしたユーリが、ちら、とこっちを見てきた。

「……嬉しかったのか？」

「知人に心配されたら、嬉しいものでしょう？　誰だって」

「……なら、そういうことにしてやってもいいが」

(面倒くさい〜！)

でもなんとなく、この面倒さにも慣れてきたような気がする。

「それで……あれはいったい？」

ブリジットが声を潜めて訊くと、ユーリが顔を顰めた。

「……知らん。あの女なら最近はずっとあんな調子だ」

ユーリは苛立たしげに呟くと、「そんなことより」とすぐに話題を変えた。

「ブリジット、お前は平気なのか」

ぱちくり、とブリジットは瞬きをした。

リサが何かと絡んできたことについてだろうか。

そう思いきや、ユーリは別の側面を気にしていたらしかった。

「あの女……セルミン男爵令嬢は、お前にとっては恋敵なんだろう。前にも陰から覗き込んでいたし」

「！」

（やっぱり気づかれてたんだわ……！）

いつかの覗き見がバレていたことが、今さら恥ずかしくなってくる。

だがそれよりも、もっと重要なことがあった。

「ユーリ様。その、恋敵というのは……？」

「……？」

ユーリが首を捻る。

「お前、好きなんだろう。第三王子のことが」

「ああ……まぁ、お慕いしてはおりましたけど」

そりゃあ、幼い頃からの婚約者だったし、彼は虐げられるブリジットにとって唯一の味方のような存在だったのだ。

だがこうして婚約を破棄され、ブリジットも少しばかり冷静になってきた。

（だって、自分の婚約者に向かって『馬鹿が好き』とか『ピンク色のドレスを着ろ』とか、『化粧を濃くしろ』とか『馬鹿の振りをしろ』とか……わりとまともな要求じゃないわよね？）

ジョセフがどういうつもりだったのかは分からない。

だが、彼はもともと――あるいはかなり早い段階で、ブリジットのことを疎ましく思っていたのではないだろうか。

（それに気づかなかった私にも、問題があったということで）

「最近はジョセフ殿下のこと自体、あんまり思い出しておりませんでしたわ」

「そうなのか？」

「ええ。だっていつも気がつけば、ユーリ様のことばかり考えてしまうから」

（…………あ）

……今。

勢い余って、何か大変なことを口走ってしまったような。

失態に気がついたブリジットは、大慌てで両手を勢いよく振り回した。

「――――もっ、もちろんお分かりかと存じますが、ユーリ様との勝負事のことばかり考えてしまうという意味ですから！」

「…………」

「ほ、ほら！　筆記試験はどっ、同率一位で……精霊学の授業は、クラスが違うから競いようがありませんでしたし！　次こそ決着をつけなければと思いまして、ただそれだけのことでして、むしろそれ以外の理由があるはずないといいますかっ！」

だが口を開けば開くほど、嘘くさいというか、言い訳がましい言葉ばかりが出てきてしまう。

ブリジットの頬には、今や抑えきれるわけもない熱がグングンと勢いよく上っていく。

それにユーリも、何も言わないままで――さらに慌てふためいて、ブリジットはそれっぽい理屈を並べ立てようとしたのだが。

「……はっ」

堪えきれないというようにユーリが吹き出して。

真っ赤なブリジットに向かって、笑みの滲む瞳で言った。

「……焦りすぎだ、バカ」

「～～～～～っ……!!」

パクパクパク、とブリジットは口を開閉して、しかし意味のある言葉はもう出てこない。

それなのにユーリは口元に拳を当てて、喉の奥を鳴らして笑っていて。

（こんなの、嫉妬なんかじゃ、ない……）

彼へのこの気持ちが、嫉妬なんかであるわけがなかった。

だって、もっと温かくて、切なくて、ずっとずっと大切で。

今までに一度だって、誰にも感じたことのないこの気持ちは。

(私は、ユーリ様を……)

「だから、わたくし、馬鹿じゃありませんもの……」

「……知ってる」

真っ赤っかになりながら俯くブリジットに、そう応じる声音だってあんまり優しいものだから。

それきりブリジットは、何も言えなくなってしまった。

「……おいっ！　おい、俺だけなぜかぜんぜん解凍されてねぇぞっ！　おい、ユーリ～ッ！」

……後ろのほうで、よく知っている声が叫んでいる気もしたのだが、いっぱいいっぱいのブリジットの耳には届かなかったのだった。

第六章　侍女と従者は苦労人？

その日の夜、ブリジットは悶えていた。

広いベッドの右から左を、ゴロゴロと転がり……転がりながら、時折「きゃー！」と叫んで、枕をぎゅううっと抱きしめる。

頭の中には、ユーリ・オーレアリス——青髪の彼の姿があって。

それだけでブリジットはドキドキしてしまう。

だって、どうやら自分はあの人に惚れてしまったらしいのだ。

（あんなに意地悪で、口が悪くて、冷たい人に……自分でもなんで？　って感じなんだけど）

だけど、人からは敬遠されがちな彼が、本当は優しい人だとブリジットは知っている。

同じく嫌われまくりのブリジットのことを、噂だけで判断しようとせず、話を聞いてくれた。

ブリジットが傷ついたときは、彼が代わりに怒ってくれた。

彼と一緒に居ると、ブリジットはいつも呼吸が楽になるのだ。

（私、ユーリ様のことが……）

「ブリジットお嬢様」

「わきゃあっ！」

唐突に聞き慣れた声がして、ブリジットは驚きのあまり跳び上がった。

慌てて枕を離して見上げれば、ベッドを見下ろす彼女と目が合って。

「へ、へ、部屋に入るなら教えてよシエンナっ！」

「ノックはしました」

いつものお仕着せ姿の専属侍女・シエンナは平然と答える。

しかしそんな彼女の目は、キランと光っていて……ブリジットはぎくりとした。

「……お嬢様」

「な、なに？」

「……いえ、帰ってきてからずっと奇声を上げておられますが、体調でも悪いのかと」

思わずブリジットは顔を赤くした。

言われた通り、奇声は上げてしまったし、ジタバタと足を動かしていたので、階下のシエンナたちにもよく聞こえていたことだろう。

きっとシエンナは使用人たちを代表して部屋に駆けつけてくれたのだ。

今さら恥ずかしくなってきて、ブリジットはそっぽを向いた。

「……べ、別にそういうわけではないの。ただ、ちょっと、その、」

「その？」

「……な、なんでもないわ」

（ダメよ！　恥ずかしくて、とてもじゃないけど言えない……っ！）

まだユーリと親しくなったことだって打ち明けていないのだ。

それなのに好きな人ができた――なんて急に明かすなんてこと、できるわけがない。

シエンナは決してブリジットを笑ったりはしないだろうが、それでも言えないものは言えない。

すると沈黙するブリジットに、シエンナがそっと提案した。

「それなら……明日は気分を変えて、お出かけでもされてはいかがですか？」

「え……」

「景色を見るだけでも気分転換になりますし、王都でショッピングをしてもいいですし」

「…………」

ブリジットは考え込む。

普段――学院に通う以外に、ブリジットはあまり別邸から出ないようにしている。

その理由は明快だ。外出を知れば両親が良い顔をしないと分かりきっているから、ブリジットはいつも週末は息を殺すようにして過ごしている。

読みたい本も精霊にプレゼントする品も、お願いすれば使用人が買い物は代行してくれるから、今までだって不自由があるわけではなかった。

だが、息苦しいのも事実で。

（久しぶりに、出かけたいかも……）

ブリジットはじっとシエンナを見上げた。

「ならシエンナ、付き合ってくれる？」

「……私、ですか？　他にどなたかお誘いする方は」

「わたくし、友達居ないもの」

自分で言ってて悲しいが、居ないものは居ない。

精霊学の授業をきっかけに、クラスメイトたちとは少しだけ距離が縮まったが……なかなか積極的に話すことはできずにいるのだ。

級長であるニバルは、あまりにも彼が好意的なので、毎日のようにお喋りしているのだが。

「だからってわけじゃないけど、シエンナと一緒がいいわ。その……シエンナはわたくしにとって、いちばん大切なお友達で、家族というか……」

「お嬢様……」

それを聞き、シエンナは瞳を潤ませた。

実はシエンナとしては、可愛いお嬢様が何やら悪い男に引っかかった様子なので、その正体を突き止めるためにその男を誘って出かけてはどうかと誘導したつもりだったのだが――。

そんな嬉しいことを言われてしまっては、さすがに断ることなどできるはずもなく。

シエンナはぺこりと頭を下げた。

「承知いたしました。喜んでお供します」

「そう。良かった」

「その代わり……というわけではないのですが、明日のお化粧やお洋服については、私に一任していただけますか」

「えっ！」

シエンナの言葉にブリジットはぎょっとした。

ジョセフに婚約破棄されて、変わらなければと決心したブリジットだったが、いまだに化粧は濃いままで、きつめの容姿のままである。

だから、明日を変化の第一歩にしようとシエンナは言っているのだ。

「扇子の持ち歩きも明日はやめましょう。お嬢様は、困ったり誤魔化(ごまか)したりしたいときはすぐに扇子で表情を隠してしまわれるので」

「ええ……っ？　それはだいぶ心許(こころもと)ないんだけど……」

「小道具を使うのは決して悪いことではないのですが、ブリジットお嬢様はもう少しだけ、いろんな表情を他の方に見せたほうがよろしいかと存じます」

それを聞いたブリジットは――そうかもしれない、と素直に思った。

面白(おもしろ)半分に言っているわけではない。シエンナは、ただブリジットの今後を考えて言ってくれているのだ。

（精霊博士として活動するなら、依頼人から話を聞いたり協力を仰ぐこともあるものね……私には、コミュニケーション能力が不足しているってことね！）

「……分かったわ。よろしくねシエンナ」

「お任せください、お嬢様」

背の低いシエンナが、心なし胸を張る。

その仕草が可愛らしくて、ブリジットも肩の力が抜けたのだった。

本日は彼女と約束した外出の日――である。

シエンナに導かれ、馬車から降りたブリジットは非常にそわそわしていた。

(うう、落ち着かないわ……!)

だがいつもと違う服装や化粧に、思わず緊張していたのだ。

赤くウェーブがかった長髪は三つ編みに編み込み、二つに分けて垂らしている。

純白のワンピースドレスの裾(すそ)は優雅に広がっていて、爽(さわ)やかで上品なシルエットだ。

そして化粧はあくまで最低限に。

白粉(おしろい)は薄く、唇に鮮やかな紅を載せ、目元には淡い桜色のアイシャドウを散らしただけである。

シエンナが中心となり仕上げてくれたこの姿は、まるで名家の深窓の令嬢が、お忍びで街を歩いているような出で立ちで……。

(今までは、ピンク色の派手な格好ばかりしていたから……どうしても落ち着かないのよね)

ジョセフの好みに合わせた衣装棚の中は、今までは目に痛いほどのピンク色ばかりが詰め込まれていたのだ。

それらは婚約破棄された週末に侍女たちがすべて焼き捨てたそうだ。

メイデル家に連なる者が多いので、使用人の多くが炎精霊と契約しているのである。

（なんか、見られてるような……）

そしてシエンナの差す日傘の下で、ブリジットはおっかなびっくり長い手足を動かしていた。

恐らく気のせいではない。すれ違う人々……特に若い男性たちが、先ほどから何度も視線を寄越してきていた。

だが、好奇心のようなものは感じ取れるものの、その中の多くには悪意は含まれていないようだ。

意外にも——と言うべきなのか、王都の往来を歩く人々は、目の前を歩いているのがかの悪名高きブリジット・メイデルとは気づいていないようである。

「お嬢様。気になるようでしたら、片っ端から燃やしましょうか」

（どこを燃やすつもりなの……!?）

ブリジットは気になったが、恐ろしい答えが返ってくる予感がしたのでその問いは言葉にしなかった。

「へ、平気よシエンナ。それよりどこか、行きたいところはある？」

「……お嬢様の行きたいところが、私にとってのその場所です」

小首を傾げるシエンナも、今日はいつものお仕着せ姿ではなく、裾の短めのライトグリーンのワンピースを着ている。

そんな彼女の愛らしさは尋常ではなく……ぽうっと熱を帯びた目を向けている男たちの視線を感じつつ、ブリジットは思わず呟（つぶや）いた。

「わたくしもシエンナのために、炎魔法を早く習得したいわ」

「……？　よく分かりませんが、お嬢様は汚いものを燃やさずとも大丈夫ですよ」

どこかズレている会話をしつつ、二人はとりあえず目についた本屋に入店したのだった。


そのあとも、ブリジットとシエンナはのんびりと王都を散策した。

というのも、街中を注視すると至る所に魔法を使役している職業人の姿が見受けられるのだ。

土精霊の加護があれば土木作業や建築作業に向くし、水精霊の加護があれば水道設備の整備や清掃の仕事に優れる。

時にはその中に、気ままに顕現した契約精霊と喋る人の姿もあって……それを見つめているだけでも、ブリジットにとっては有意義な時間だ。

（無料で精霊の様子が観察できるんだもの、最高だわ……！）

しかし自分にとっては楽しくて堪らないその時間が、供を務めてくれている人物にとっても同じとは限らない。

「大丈夫？　つまらなくない？」

「いいえ。とても楽しいです」

心配になってブリジットが訊くと、ひややかな顔つきのままながら、シエンナはほんのりと口元を緩めてそう答えた。

どうやら無理をしているわけではなさそうだ。ブリジットはほっとしたが、夏の陽射しは暑く、そろそろどこかの店で涼みたいところである。

周囲を見回してみれば、よく使用人に買い物をお願いしている魔石店の看板を折良く通りの向こうに見つけた。

「次はあの店に行きましょう」

「はい」

カランコロンと、爽やかなベルの音と共に入店する。

思った通り、店の中は非常に涼しく――というのも、四方に配置された氷の魔石によって低い温度と瑞々しい空気が保たれていた。

店内には数人の客の姿がある。

上級貴族御用達の品質の良い魔石や、魔石を使ったアクセサリーばかりを取り扱っているので、貴婦人の姿が目立っていた。

僅かに汗ばんでいる額を、ハンカチで軽く拭う。

ふぅ、と息を吐いたブリジットは、そこでふと、すぐ右側に人の姿があるのに気がついた。

距離を取ろうと、左側にずれようとしたときだった。

飾り棚の前に立つその人に何気なく目をやって――ブリジットは盛大に顔を引き攣らせた。

「ユ……」

(――ユーリ様⁉)

寸前でどうにか、口元を押さえる。

両手を口にやったまま、左にスススと音もなく移動する。

シエンナは不審げに瞬きして、そんなブリジットとユーリを見比べている。

だがユーリはまったくこちらを見向きもせず、よく磨かれた硝子張りのケースをじっと見下ろしている。

（で、でもこの赤毛よ。この距離で気づかないことってあるかしら……？）

ブリジットは息を殺しながらも、そう首を捻っていた。

メイデル家や、それに連なる者には、髪に赤に近い色素を持って生まれてくる子どもが多い。

別邸の使用人でいっても、ブリジットの専属侍女のシエンナはオレンジの髪、厨房係兼パティシエのカーシンは薄赤の髪の毛の持ち主だ。

だがユーリは真剣な横顔を動かさず、口元を小さく動かしている。

「クリフォード、最高品質の水と氷の魔石を……そうだな、五十個。それと各魔石を十個ずつだ」

「承知しました」

どうやら魔石の買いつけに来ているらしい。

横に居る同い年くらいの、こちらもまた身なり良く整った容姿の青年にてきぱきと指示を出している。

ユーリの従者だろうか。水色の髪の毛は、彼もオーレアリスに連なる家系なのだろうとブリジットに連想させた。

すると、ユーリが注文と同じ口調で言った。

「そういえばこの前の魔石、返していなかったな」

「？」

「ほら」

こちらを見ないままの彼に急に拳を差し出されて、ブリジットは無意識に両手を差し出していた。

手のひらの上に水の魔石が載せられる。

そうして、見覚えのあるシルエットを見たとたんに。

──弾かれたように、ブリジットは真っ赤な顔を上げた。

（最初から、き、きき、気づいているじゃないのっっ‼）

ひとりで悶々としていたのはなんだったのか！

人目がなければ、沸点低めのブリジットは間違いなく怒鳴り散らしていたことだろう。

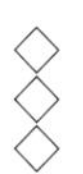

──クリフォード・ユイジーは、水の一族と呼ばれる名門公爵家・オーレアリス家の傍系に当たる家の生まれだ。
青髪を薄めたとされる水色の髪。
それを誉れと受け止めている家族たちの中で、クリフォードだけは、物心つく頃にはオーレアリスの名にそれなりの反感を抱いていた。

――だってまるで、彼らの劣化品のようではないか。

公爵家の薄らいだ血を、宝物のようにして後生大事に受け継ぐ惨(みじ)めな一家。

その家の次男として生まれた自分に、つまらない家を守る役割が与えられなかったのはほっとしたのだが、両親から『お前は将来、オーレアリス家に仕えるように』と言い聞かせられ、内心は勘弁してくれと思っていた。

だが――その認識は、オーレアリス家の四男であるユーリ・オーレアリスに出会って、すっかり塗り替えられてしまったのだが。

（仕え先が次男か三男坊だったら、間違いなく今頃は職務放棄して行方(ゆくえ)をくらましていたな……）

ユーリの従者に選ばれて本当に良かった、と思う。

今ではクリフォードは、公爵令息の従者として恥ずかしくない教養を身につけている。

それもすべて憎しオーレアリス家の四男である彼との出会いがきっかけなのだから、世の中とは分からないものだ。

そしてクリフォードは、ここ最近のユーリの様子が少し変なのを察していた。

無駄なく簡潔、冷静にして冷徹――人間めいた要素の欠けていた主人なのだが、どうも乱れがあるのだ。

時折、物思いに耽(ふけ)るように窓の外に目をやったり、人とすれ違うとたまに立ち止まって振り返ったり。

しまいには、なんの変哲もない水の魔石を書物机の上に置き、ぼんやりと数分は眺めている始末。

「どうかしましたか？」と訊くと、「別に」と素っ気ない返事が返ってくる。だからそれ以上、クリフォードは踏み込まずにいた。

学院での成績は変わりないようだし、精霊たちとのコミュニケーションも良好だ。生活態度だって基本的には変化ない。

そもそもユーリの様子がいつもと違うこと自体に、きっと彼の血を分けた家族たちだって誰ひとりとして気がついていないだろう。

だが唯一気がついたクリフォードも、その微細なる違和感が喜ばしいことなのか、その逆なのか、いまいち判断がついていなかった。

だがそれが、今ようやく——主人にとって素晴らしいことだったのだろうと、その背後に控えながらしみじみ彼は噛み締めていた。

ユーリがよく訪れる、魔石店での出来事だ。

オーレアリス家にとっても古くからの馴染みの店で、ここでユーリはよく、契約精霊に贈るための魔石を発注する。

それに自分に仕える使用人たちにも、臨時ボーナスとして魔石を与えてくれることもある。

これが使用人たちに好評で、というのも最高品質の魔石をやれば精霊はより一層、契約した人間に強い魔力を貸し与える場合が多いので、彼の周囲の仕事の効率も上がるというわけである。

人を使う者としての自覚と才覚において、ユーリは申し分ないし、屋敷では恐れられながらも気前のいい坊ちゃんとして通っている。

だがそこで、クリフォードは首を傾げた。

迅速な判断能力を持つユーリが、なぜかひとつの棚の前から動かないのだ。

しかも主人の見ていた棚には、見栄えの良いアクセサリーばかりが並んでいて——およそ実用主義的な彼が必要としないものだ——クリフォードは不思議に思って、そっと横から硝子ケースを覗いた。

そうして、すぐに「あれ？」と気がついた。

主人が見ているのはアクセサリー類ではない。

彼は硝子に反射する、煌めく赤い光を見ていたのだ。

顔を上げれば、その正体はすぐに明らかとなった。

小さく呟いたかと思えば、ばっと口元を覆い隠している可憐な少女。

「ユ……」

それから清楚な出で立ちのその子は、ススス、と左側に……ユーリから遠ざかる方向に移動する。

色合いも相まってか、まるで浜辺の蟹か何かのようである。

特徴的な赤髪を見ればクリフォードでなくとも気づくだろう。

その正体はブリジット・メイデル——〝赤い妖精〟と蔑まれる、メイデル家の令嬢だった。

事実上、伯爵家を追い出されているブリジットは公の場にはほとんど姿を現わさない。

クリフォードもこうして間近で見るのは初めてだが、噂で聞いていたような激しさや愚かさは、その少女からは微塵も感じ取れない。

（……そういえば……ユーリ様がよく振り返る少女は、いつも……）

どことなく赤っぽい髪色をしていたような、とクリフォードは思い返す。

そう思った直後に、ユーリがてきぱきと指示を出してきた。

「クリフォード、最高品質の水と氷の魔石を……そうだな、五十個。それと各魔石を十個ずつだ」

承知しました、と手元の発注用紙に書きつけながら、ちらと目線を動かすクリフォード。

親しいのかと思ったが、ユーリは一向にブリジットに話しかけようとしない。

もしかすると会いたくない相手なのだろうか？

オーレアリス家とメイデル家は比較されがちで、両家は敵対するというほどではないが、決して仲良しこよしの関係でもないのだ。

……かと思いきや、だった。

「そういえばこの前の魔石、返していなかったな」

（あ……）

ユーリがブリジットに差し出した水の魔石。

間違いなく彼が、机の上でじっと見つめていたアレである。あれは彼女の所有物だったのか。

しかしそれを受け取ったブリジットは、怒りなのか羞恥なのか、その髪色に負けないほど顔を真っ赤に染めている。

（蟹の次は、茹で蛸みたいだな……）

そう思う合間にもユーリは店主を呼んで、飾り棚の中にあるアクセサリーを買い取っていた。

クリフォードは発注用紙に新しい商品名を書き加える。

そしてユーリは、手渡しで受け取ったそれを、魔石に続いて少女へと手渡していた。

「これもやる」

「……ええと、すごく素敵な意匠ですが……」

「大したものじゃないから受け取っておけ」

（おい、そんなわけないだろ！）

クリフォードは思わず、心の中で荒く反論してしまう。

（それ、今日あなたが購入した魔石を全部合わせても、まったく追いつかないくらいの値段ですが……!?）

大輪の花を模した銀色の髪飾りの中央には、それぞれ異なる色に輝く小さな宝石が九つ、アクセントとしてあしらわれており――これ、実はあらゆる系統魔法を一度は防ぐとされる最高級のマジックアイテムである。

物の価値が分からない少女ではないのだろう。ブリジットも躊躇いがちだ。

それから彼女は恐る恐るユーリを見上げ、

「こういう物は、大切な女性にプレゼントしたほうがよろしいかと……」

などと気遣わしげに言うものだから、思わずクリフォードは噴き出しかけた。

すごい。ビックリするくらい何も伝わっていない。

対するユーリはといえば、数秒の沈黙のあとに。

「……そういう相手は、作る予定がない」

と、ごく僅かな困惑を滲ませて答えた。

（わぁ、今のつまり……他に作る予定がないって意味ですね）

いつのまにかそんな風に想う女性ができていたとは。

しかしそんな素直でない言葉の裏を読み取れるのは、長年彼の傍に居るクリフォードくらいである。

というのもそれを聞いたブリジットは、うんうんと頷くと。

「それならなおさら、そういう女性ができたときにお渡しすれば良いのですわ」

「…………」

などと髪飾りを返却されかけたユーリはすっかり仏頂面である。

いよいよクリフォードは込み上げる笑いを抑えるのに、命を賭して励まなければならなくなった。

（お、面白いな、この二人……っ）

笑い出しそうになるのを、脇腹を叩いて堪える。

涙目のクリフォードは、そこでブリジットの後ろにひとりの少女が立っているのを見つけた。

ブリジットと友人としての距離感でないのは、見れば分かる。

というのもその小柄な少女は、ブリジットの後ろに目立たないように控えながらも、休まず周囲に注意を向けているからだ。

（侍女兼護衛、ってところかな……）

目が合うと、彼女は警戒するように瞳を細めたが、あえてクリフォードは物怖じせずに微笑みかけた。

仏頂面のユーリと戸惑い気味だったブリジットも、それではっとしたようだ。

「……紹介する。僕の従者のクリフォード・ユイジーだ」

「彼女はシエンナです。わたくしの侍女を務めてくれております」

主人の紹介を受け、互いに挨拶（あいさつ）を交わしながら。

やはり思った通りだったな、とクリフォードはその名を聞いて確信していた。

シエンナ（オレンジに近い赤）。

彼女の両親は明らかに、将来、娘がメイデル伯爵家に仕えることを期待してその名をつけたのだろう。

クリフォード（浅瀬）がそう思うのだから間違いはない。

（恐らく、シエンナ嬢にも同じことを思われているだろうが）

まったく難儀なことだ。

胸中で苦笑していると、

「それでユーリ様。こちらはお返ししますので」

「……だから返さなくていいと言っているんだが聞こえないのか？」

「もちろん聞こえておりますわ。その上でわたくしが受け取るわけにいかないという話で――」

（ま、まだやってるっ……！）

いまだに髪飾りを返したり受け取らなかったりと、飽きずにやり合っている二人の姿が目に入る。他の客は若いカップルと誤解したのか、微笑ましそうにしながら退店してしまったし、魔石店の主人も気を遣ってか奥に引っ込んでしまったので、今や広い店内には四人の姿しかない。

そんな、多方面に気遣われながらもお互いのことしか目に入ってなさそうな二人の姿に、クリフォードはたまらず笑い出しそうになるのだが、シエンナのほうはツンと澄ました表情を崩さない。

……こっそりとクリフォードは、そんなシエンナに向かって話しかけた。

「お互い、個性的な主人を持つと苦労しますね」

数秒の沈黙のあとに。

ひややかな顔つきの侍女は本当に、ほんの少しだけ――見間違いかと思うほどささやかに、口の端を緩めて。

「……ええ、そうですね。とても楽しいです」

その返答に、思わずクリフォードも笑みをこぼす。

だがクリフォードは舐めていた。

ユーリとブリジットの口論が止まったその瞬間――狙い澄ましたように進み出たシエンナが、静かな声で切り出したからだ。

「恐れながら、オーレアリス公爵令息」

「……シエンナ嬢だったか。何か僕に言いたいことが?」

「はい。我が主――ブリジットお嬢様の本日の装いについて、何かお言葉をいただけますか」

「シエンナっ⁉」

ブリジットが悲鳴を上げる。

まさか自分の侍女が、そんなことを言い出すとは夢にも思っていなかったのだろう。

しかしクリフォードも驚いていた。

〝氷の刃〟なんてあだ名で呼ばれ、優秀さ故に敬遠されがちなユーリ相手に、そう強気に出られる侍女が居るとは。

（この子……ただ者じゃない……！）

見たところブリジットは、既にだいぶ面白そうな子なのだが、クリフォードはシエンナにも同じ評価をつけた。

そして彼はまったく気がついていなかったが、実はシエンナは彼よりも年上である。

ユーリはと言えば、侍女からの唐突な要請に面食らっている様子だったが、根が真面目なので口答えせずにブリジットを見やった。

「な、なんですっ……？」

次第に顔を赤くしながら、声を上擦らせるブリジット。

彼女は慌てた様子で鞄の中を探りかけたが、その途中で「しまった」みたいな顔をした。

（……？　なんだろう、扇を忘れた……とか？）

実際にクリフォードの推測は当たっており、侍女の手によって大事な小道具を没収されたブリジットは、顔を隠すこともできずにあわあわと狼狽えている。

そんな彼女は、クリフォードの目から見ても……楚々（そそ）とした佇（たたず）まいが魅力的に映るし、恥じらいのある表情が非常に可憐だった。

だが無論、そんな甘い言葉をユーリが口にするはずはなく。

「……悪くはないと思うが」

（まぁ、それくらいが限界ですよね）

むしろ女性――否、人間に対しての興味に乏しいユーリから、感想を引き出せただけ健闘している。

うんうん、と頷いて納得したクリフォードだが、しかしシエンナは引かなかった。

「具体的なお言葉をいただけますか」

「…………」

ユーリは黙り込んだ。まさか駄目出しを喰らうとは思っていなかったのだろう。

さすがに助け船を出したほうがいいだろうか、とクリフォードは迷う。

しかし、この針のむしろな状況に立たされたユーリが、どう切り返すのかは気になって。

――クリフォードが、自分が主人の背を守る従者であることを悲しんだのは、その日だけだった。

おかげで、そのときのユーリの顔が見えなかったので。

「普段も、今日も…………………可愛らしいと思うが」

「うぴっ!?」

壮絶なる葛藤の間を挟みながら、なんとかそう呟いたユーリ。

その瞬間、ものすごく奇妙な悲鳴を上げて、ブリジットが勢いよく後退る。

「左様ですか」

そんな二人の間でクールに応じながら、シエンナはどこか誇らしげである。

（なんとなく、「その発言については褒めてやる」みたいな心の声が聞こえたような……）

クリフォードの気のせいかもしれないが。

さらにシエンナは動揺しまくりのブリジットに近づくと、こっそりと耳打ちしてみせた。

「お嬢様、このあとは公爵令息とご歓談を？」

「な――っんでそうなるの⁉　わたくしはシエンナと遊びに来ただけで、ユーリ様と遊ぶ予定なんてまったくこれっぽっちも微塵もないのだけどっ！」

「そうなのですね。てっきり私は、この店で待ち合わせされてらっしゃったのかと」

「そんなわけないでしょう！　そ、そん――そんなわけないでしょうっ⁈」

（ブリジット嬢の声が大きすぎて全部聞こえてるけど……）

そして彼女、いよいよ興奮しすぎて熱でも出しそうだ。ちょっと心配になってくる。

羞恥心が許容量を超えたのか、ブリジットはシエンナの手を引きながらやって来ると、強気にユーリを見上げた。

キッと、鋭い涙目がユーリを睨みつける。

たぶん本人は、その小動物の威嚇じみた表情が愛らしいことに自覚はないのだろうが。

「ユーリ様、また明後日に！　それではごきげんよう！」

「ああ。……入り口の段差に躓(つまず)かないように」

「……っわたくし子どもではありませんので！」

最後までぷんすかしながら店を出て行くブリジット。

ぺこりと頭を下げて、ブリジットに引きずられていくシエンナ。

そんな二人の少女を見送り……クリフォードはユーリの顔色を窺(うかが)った。

本日はあり得ないくらいに饒舌だった年若き主人の横顔に、感情はまるで浮かんでいないが。

「メイデル家のご令嬢と親しくなったのなら、教えてくだされば良かったのに」

「お前には、アイツと僕が親しいように見えるのか？」

「ええ、とても」

ユーリが疲れたように溜め息を吐く。

しかしクリフォードだけは、ユーリがどさくさ紛れに——彼女に贈り物を受け取らせたことに、気づいていたのだった。

授業終わりの鐘が鳴ると同時に、リサは急いで立ち上がった。
そうしなければ逃げられると分かっていたから、リサは急いでいたのだが……目当ての少女たちは、近づいてくるリサに気がつくと一様に困ったような顔をした。

それでもリサは、気づかない振りをして溌剌と声をかける。

「ねぇ。今日もお茶会を開くのだけどどうかしら？」

三人が一斉に、目線を交わし合う。

「え、ええと。私は結構ですわ」

「申し訳ございません。実は用事がありまして」

「私も……」

申し訳なさそうな笑みを浮かべながら、そそくさと席を立って教室を出て行く三人。

それを呆然と見送り……思わず呟いた。

「……なんなのよ……」

今まで散々、リサを頼りにしてきたくせに。

彼女たちがジョセフと一言でも会話できたのは、彼に愛されているリサのおかげで。

高位貴族ばかりが使用する食堂の個室に入れたのだって、リサという権威のおかげだったのだ。

それなのに、恩を仇で返すような真似をされ、リサは信じられずに拳を震わせた。

だが……その原因は分かっている。

先週のある事件の影響で、彼女たちはリサから距離を置こうとしているのだ。

――〝氷の刃〟と恐れられるユーリ・オーレアリスを、リサが怒らせたこと。

噂には尾ひれがつき、その話はいまだにヒソヒソと至る所で囁かれ続けている。

氷の一族に手を出すなんてとんだ怖いもの知らずだと、自分の行いを罵る声だって聞こえたことがあった。そうやって隠れて非難する連中が許せず、リサはその場で怒鳴りつけてやったが、そのあとも苛立って仕方がなかった。

それに、リサにとってそれ以上に信じられないのはあの日のユーリの振る舞いだった。

抜きん出た才能の持ち主である故に、周囲から敬遠されがちなユーリ。

だが彼は、その美貌と家柄の良さから、学院中の女子の目を集める存在でもある。どんなに袖にされようと、いまだにユーリに近づこうと画策する女生徒も多いくらいなのだから。

そんなユーリが、ブリジットを庇うような振る舞いを見せたことが――リサには、信じられなかった。

（なんでユーリ様が、〝赤い妖精〟なんかをっ……！）

ユーリの隣に立つのに、ブリジットほど相応しくない女は居ない。

父親には取り替え子だと蔑まれて。

第三王子であるジョセフに捨てられて。

学院中から嘲られ、嗤われて……そんな女がなぜ、あの優秀な公爵令息に選ばれるというのか。

（あたしのように、愛される努力だってしてないくせに！）

ブリジットと違い、リサは今まで努力を重ねてきた。

契約の儀では名のある精霊と契約してみせた。

そしてどこか孤独な佇まいのジョセフに近づき、彼の心を癒した。ブリジットのせいで疲れたジョセフを救ったのはリサなのだ。

出来の悪い婚約者としてジョセフに迷惑をかけ続けたブリジットは、むしろリサに平身低頭して謝罪するべきだろうに。

そう心から思うリサの耳元でまた、その声が響く。

──『ジョセフ殿下って、馬鹿な女が好みのタイプなんですって。女性の好みにお変わりがないようで、安心したの』

ギリリ、と噛み締めた唇から血が滲む。

(許さない……ゼッタイに、許さないんだから……)

筆記用具を盗むなどと、なんと生ぬるかったのだろう。

ブリジットにはもっと厳しい制裁が必要なのだ。あの女はそうでもしないと、自分がどれほど低俗で価値のない人間なのか理解することもできないのだろう。

そう思うと次第にリサは浮かれてきた。

次はどんな風に傷つけてやろう、と思うだけでワクワクしてくる。

(火傷のことを指摘してやったときなんて、絶望したような顔してたし……!)

父親に手を焼かれた、惨めな傷物の女。

いったいあの武骨な手袋の下には、どんなに醜い傷が隠れているのだろうか。

(それを人前で暴いてやるのも、楽しそうだわ)

すっかり上機嫌になったリサはそこで、愛おしい恋人が教室を出て行こうとしているのに気がついた。

「ジョセフ様！　どこに行かれるんですか？」

弾んだ声で問うと、振り返ったジョセフが薄く微笑む。

「今日は、やるべきことがあってね」

「そうなんですね……」

ジョセフは王族の身。現在は学業に専念するため公務の大半は免除されているそうだが、それでも多忙なのだろう。

納得したリサは、そんな彼ににっこりと微笑んだ。

「もしよろしければ、あたしも王宮についていきましょうか？」

リサと一緒に居れば、ジョセフもきっと癒されることだろう。

それに、あわよくば国王や王妃に謁見したいという目算もある。まだブリジットと婚約を破棄して間もないからと、ジョセフとリサの婚約の話はまったく進んでいないのだ。

しかしジョセフはあっさりと首を横に振ると。

「いいや、大丈夫だよ。また明日」

そう言って、リサが返事をする前に教室を出て行ってしまった。

それを名残惜しい思いで見送りながら。

……なぜか再び、言い聞かせるような調子で、ブリジットの声が耳の奥で響いたような気がした。

――『ジョセフ殿下って、馬鹿な女が好みのタイプなんですって』

（そんなわけない……）

ジョセフは初めて話したとき、リサのことを頭がいいと褒めてくれたのだ。

ブリジットとは違うと、そう言ってくれたのだ。

（だってあたしは全部、ジョセフ様のために――）

それが――不安と呼ぶべき感覚であったことに、リサはついぞ、気がつくことができなかった。

第七章

魔石獲り

「――ブリジット嬢。今度の魔石獲り、俺と組みましょう！」

静まりかえった教室の中。

そう叫び、挑むように手を差し出してきた級長ニバルを相手に。

ブリジットは首を左右に振った。

「ごめんなさい」

ざわっ……と周囲が一気に喧噪（けんそう）を増す。

クラスメイトたちの視線は、露骨に哀れむようにニバルに向かって注（そそ）がれるのだが――当の本人はそれにには気がつかず、くわっと目を見開いている。

「もしかしてブリジット嬢は、あの男と組むんですか⁉」

「あの男って誰のこと？」

「誰って、それはもちろんユ――」

「わたくしはどなたとも組むつもりはありませんわっ！」

ニバルが何やら、良からぬ名前を口にする前にブリジットはキッパリと言い放った。

シエンナより返却されたお気に入りの豪奢（ごうしゃ）な扇をバサリと広げたブリジットは、オホホと笑ってみせる。

「もちろん、チームで励む方もいらっしゃるでしょうが……わたくしは自分自身の力だけで挑みたいと思っておりますの」

休日は清楚（せいそ）な格好と化粧を心がけたために、反動で悪女感が増してしまったブリジットだったが、すっかり慣れているクラスメイトたちはまったく気にしていない様子である。

ニバルも誘いを断られてガッカリしつつも、納得したようにしみじみと呟く。

「そうですよね……ブリジット嬢の実力なら、単独（ソロ）でも問題ないでしょうし……」

（うーん……それは微妙なんだけど……）

だが、それは口にはしない。

ニバルの精霊エアリアルの暴走を食い止めてみせたブリジットの精霊。

あれからも引き続き契約精霊に話しかけているのだが、結局、精霊からの反応は得られずじまいだ。

残念ながら精霊の協力は、今回の試験では得られそうもない。

だがブリジットには少なからず自信があった。

（というより、精霊博士を目指す身としてはゼッタイに勝ち残りたい……！）

現在クラス中で話題となっている魔石獲り。

正式には、次の定期試験の実技課題であり、その内容は学院の周囲を囲む鬱蒼（うっそう）とした森の中で、教員たちによって隠された特殊な魔石を拾い集めるというものだ。

これは夏期休暇を迎える前に必ず二年生に実施される課題で、学院の伝統とも言えるものである。

というのもこの試験、少なからず契約精霊の助力が必要で——そしてそれ以上に、人間と契約していない野良精霊の動きを把握することが重要になってくるのだ。

基本的には精霊界で過ごす精霊たちだが、その一部は人間界の森や林、川などの人気のない神聖な場所に出現することがある。

オトレイアナ魔法学院の森にはその気が強い。そして精霊たちは例外なく魔石を好むので、教員たちがばらまく魔石を勝手に持ち運んでしまうのだ。

しかも実施時間は二日間。森の中で一夜を過ごさねばならない。

貴族の子息令嬢たちにとっては過酷な試験内容なので、チームを組んで参加する生徒も多い。

(生徒相手にも精霊相手にも直接的な加害行為は禁止されているし、持ち込んでいい道具類も細かく指定されている)

限られた時間で、どれだけ精霊を懐柔できるか。

あるいは、精霊に好まれ、魔石を譲り受けることができるかが、勝負の行方を左右すると言っていい。

そして、分かりやすく手に入れた魔石の数によって成績が決まる以上——ブリジットは意気込まずにはいられなかった。

その日の放課後、図書館近くの四阿にて。

「ユーリ様！」

本を読んでいたユーリが顔を上げる。

ブリジットが向かいの席に座ると、彼は形の良い眉を不思議そうに寄せてみせた。

「今日はいつもと同じだな」

「……まぁ。あれは何かの気の迷いと言いますか」

表情を僅かに軋ませるブリジット。

ユーリは二日前、街中で偶然会ったときのことを言っているのだろうが……あの日は化粧や髪型、服装に至るまで普段と違っていたし、しかもシエンナも何やら余計なことを言い出すやらで散々だった。

それにシエンナに話を振られたときのユーリの発言やら、彼から贈られた品物やらが、とてもじゃないがブリジットには受け止めきれず――。

（おかげさまで、週末はぜんぜん寝つけなかったわ。……じゃなくてっ）

駄目だ。あの日のことを考えているとそれだけで熱が出そうになる。

気を取り直して切り出そうとしたブリジットだったが、再びユーリは口を小さく開くと。

「着けてないのか」

「えっ？」

「髪飾り」

せっかく頭の片隅に追いやろうとしていたのに。

ブリジットは恨めしい気持ちでユーリを見つめたが、まっすぐな双眸に見返されてしまい慌てて目線を逸らした。

（あ、赤くならないで。お願い……）

最近はまるで言うことを聞かない自分のほっぺたに必死に念じながら、もごもごと言葉を返す。

「……き、気が向いたら、着けますけど……そもそもあれ、お返しするべきですわよね？」

あの日も返却すると何度も言ったはずなのに、パニックになったまま家に帰ったら片手に収まっていたので驚いたのだ。……シエンナは最初から気づいていた様子だったが。

あの髪飾りがとてつもなく高価な品だということは分かっている。

伯爵家の中でも異端視される自分に贈られるようなものじゃないということも。

それなのにユーリは、ブリジットの問いに答えることもなく重ねて言うのだ。

「なるべく着けていてくれないか」

（ええっ）

仰天するブリジットだったが、ユーリは無表情を崩さない。

むしろブリジットが「はい」と言うまで逃がさないとでも言いたげだ。

そんな彼を前に、ブリジットはしどろもどろになってしまう。

だって自らが贈った髪飾りを、着けてほしいだなんて。

それではまるで、ユーリは――ブリジットのことを特別に想っているようではないか。

そんな都合のいい勘違いさえ、したくなってしまうではないか。

（そ、そんな……そんなわけないのに！）

ブリジットは動揺を押し隠そうと必死に応戦する。

上擦った声ではとても、誤魔化せてはいなかったのだが。

「お、オホホ。ごめんあそばせ、わたくし自分の気に入った装飾品しか身につけませんので」

「僕の贈り物は気に入らなかったか」

「気に入らな……かったわけはありませんわ。だってとても素敵で、細工は美しくて……」

「そうか。なら着けてくれ」

ブリジットはあっさりと敗北した。

「……そ、そこまでおっしゃるなら……明日から着けますわ」

そう返しながらも、鞄をぎゅっと抱き寄せる。

（今さら「本当は嬉しくて持ち歩いてました」とか、言えない……！）

持ってきているのがくれぐれもバレないように、と持ち手を押さえるブリジット。

そんな仕草をちらと見やりつつ、ユーリは開いていた本を閉じると。

「それで？　今日はなんの件だ？」

「それはもちろん……魔石獲りのことですわ」

ユーリが頷く。ブリジットがそう言い出すのを予想していたのだろう。

「契約精霊の助けがある以上、僕のほうが有利だろうが……いいのか？」

「むしろちょうどいいハンデですわね。わたくし、精霊博士を目指す身の上ですから」

堂々とブリジットは言い切ってみせる。

その言葉の意味を正しくユーリは受け取ったらしい。

「野良精霊との意思疎通に自信があるということか。まぁ僕が勝つだろうが」

「うふふ。ユーリ様の泣きっ面を拝めるのが今から楽しみですわねぇ」

「大した自信だな。幸せな夢だけ見て惰眠を貪っているといい」

「あらぁ。勝利を夢見がちなのはそちらではなくって?」

目つきの悪い二人はガンを飛ばしながら睨み合う。

前回の筆記試験は同率一位だった。

だから今度こそ、白黒つけるときだ。

「魔石を獲得した数が多いほうが勝者か」

「ええ。そして今回も、負けたほうは、勝ったほうの言うことをなんでもひとつ聞く――ですわね！」

「上等だ」

ユーリがフッと笑った。……ような気がした。

そんな彼に、ブリジットもギラリと目を輝かせる。

（今度こそユーリ様に、ぎゃふんと言わせてやるんだから！）

実技試験――魔石獲り当日の早朝。

学院指定のデザインである、丈の短い動きやすい服装をしたブリジットは、軽く準備運動をしながら森の入り口の前で試験の開始合図を待っていた。

同じ格好をした学院の二年生たち、総勢約百名が一堂に会している光景はなかなかに壮観である。

四〜五人で固まっているチームもあれば、ブリジットのようにひとりで立っている生徒も居る。

さて、数少ない知り合いはどうかといえば――隣のクラスのユーリも離れた場所にひとりで佇んでいる。

一瞬、彼と目が合った気がして、ブリジットはどきりとし……思わず視線を逸らした。

(って、別に逸らす必要なんかないじゃない！)

思い直して再び目線をやれば、既にユーリは森の方角を見ていてガッカリしてしまう。

彼があまりにも着けるように言うものだから、ポニーテールの後頭部に贈られた髪飾りも着けてきたのだが。

(違うのよ。優れたマジックアイテムだから持ってきただけで、別に他意はなくて……)

などと考えつつ、心の落ち着きを取り戻すために周囲を見回すブリジット。

服装はほとんど同じだが、生徒の中には寝袋や着替え、食料らしきものを重そうに抱えていたり、それを持たされる精霊の姿もあった。

森の中から出ればその時点で試験を棄権したと見なされる。森で一夜を過ごすことを念頭に置い

だが。

実際は、有無を言わさず大量の着替えを持たせようとするシエンナからどうにか逃れた結果なのだが。

（動き回る必要がある授業だもの。余計な荷物は不要だわ！）

しかしブリジットはといえば、背負った小型のリュックサック以外は荷物を持っていなかった。

た結果、荷物が多くなってしまったのだろう。


「あの……っ」

（ん？）

誰かに声をかけられた気がしてブリジットは振り返ろうとした。

「ブリジット嬢ー！」

だが、ブンブンと勢いよく片手を振りながら近づいてきたニバルに気を取られる。

他のクラスから一斉に注目が集まる。ジョセフの子飼いの令息と見られていたニバルが、彼に捨てられた〝赤い妖精〟に懐いている光景というのはなかなか衝撃的なものなのだろう。

「元気いっぱいね、ニバル級長」

「それはもう！　ブリジット嬢の活躍が楽しみすぎて夜も眠れませんでした！」

【魔封じの首輪】が外され、魔石獲りでも活躍が期待されているニバルだが、よく見れば彼の両目は充血している。

ブリジットは心配になってきた。

「級長……森の中と言っても夏ですし、休息はキチンと取らないといけませんわよ？」

「心配していただけて光栄です。しかし問題ありません。ひとりでもこの試験、勝ち抜いてみせます！」

その言葉にブリジットは目をぱちくりとした。

（ひとり？）

そういえば――と周りを見れば、ブリジットのクラスメイトたちは、なぜかそれぞれ距離を取っている。

しかも全員が、やたらとキラキラした眼差しでブリジットを見ているではないか。

どういうことかと不思議に思えば、その答えをキッパリとニバルが口にした。

「自分自身の力だけでやり遂げてみせる……そう宣言したブリジット嬢に感銘を受けた我々は、全員が単独で試験に挑むことにしたんです」

「えっ⁉」

なんだそれは。まったく聞いていていない。

しかしニバルはグッと握った拳を天高く掲げてみせると。

「他のクラスのヤツらにも、ブリジット嬢の実力を見せつけるときです――！」

（何それ⁉）

試験開始の合図となる鐘が鳴る。

おかげでスタートは、ちょっぴり遅れたのだった。

運動能力・魔力操作・駆け引き――それに運。

魔石獲りに重要とされる四つの要素のうち、ブリジットが自信を持つのが二つ。

運動能力と駆け引き能力である。

（というか、他の二つはゼロかマイナスだわ……！）

というわけで、運などと曖昧なものは頼りにしないブリジット・メイデルは、散らばる生徒たちの間をすり抜け、生い茂る森の中をのんびりとかき分けていく。

幸い、試験時間はほぼ二日と長い。開始直後に焦る必要はまったくないのだ。

陽光の射さない森の中の空気はどこか湿っていたが、それ以上に、背中をくすぐるようなざわめきを秘めている。

とっておきの魔石を見つけた精霊たちは、小躍りしながらそれを腕や羽の中に隠しているところだろう。あるいは秘密の宝箱へと仕舞っている最中に違いない。

（ええっと……あ、あった）

ブリジットが探していたのは樫の木だ。どこか毛虫に似たような花をつけるその木から、葉っぱを三枚まとめて拝借する。

慣れた手つきで葉の縁を丸めようとして――ブリジットは気がついた。

（…………っ誰⁉）

背後に何者かの気配を感じたのだ。

生徒や精霊に対する直接的な加害行為は禁止されているが、過去にはルールの隙を突くやり方で、他の生徒に手傷を負わせた生徒が居たという例もある。

手近な樫の木の後ろに隠れ、ブリジットは息を潜める。

だが、茂みの中から現れた人物の顔を見てすぐに警戒を解いた。

「ユーリ様」

「！……ブリジットか」

どうやら偶然、近い位置を探っていたらしい。

ひょこっと現れたブリジットの顔を見て、ユーリは驚いた様子だったが――すぐに気を取り直したようだった。

「首尾はどうです？」

「まだひとつだな」

「ええっ⁉」

その手の中に光る魔石を握っているユーリ。

まさかの返答に、ブリジットはものすごい衝撃を受けた。

だってまだ、試験は始まって間もないのに。

（やっぱり油断ならないわ、この人……！）

ぐぬぬ、と歯を食いしばっていたら「それでお前は？」なんて訊かれたので、ブリジットは悔（くや）しさのあまりそれは小さな声で答える。

「……ゼロですけど」

「そうか。見つかるといいな」

「見つけますわよっ‼」

ムカムカしながら怒鳴り散らすと、ユーリは背を向けながら言い放った。

「気をつけろよ」

「平気ですわよ。なにせわたくし、精霊博士を目指しておりますから」

ブリジットはそう答え、その場を離れたのだが。

最後に――どこか物憂げにユーリが振り返ったのには、気づかなかったのだった。

『石ってコレのこと？』

『この石ほしい？』

絹でできたような白いワンピースをまとった小さな少女たちが、ブリジットの肩の高さでくるくると踊りながら、そうたどたどしく問うてくる。

彼女たちは両手に抱えるようにして、魔石を持っていて――小妖精たちが手にしているととても大振りに見えた――それを確認したブリジットはさりげなく目を細めた。

お喋り好きのシルキーたちの大きな目に見つめられながら、大仰に頷く。

「ええ。その石とこの笛を交換してほしいの」

ブリジットが草笛を鳴らすと、プィー、プィーと音が鳴り、それを見たシルキーたちはとたんに湧き立った。

『なんで音出る?』

『どうして草泣いてる?』

「これは魔法の草なのよ。私がたくさん鳴くようにお願いしておいたの」

シルキーたちは納得のいった様子で頷いた。

『なら、これあげる』

『アタシもあげる』

「ありがとう。二人分の草笛を用意するわね」

魔石と草の物々交換を済ませる。

樫の葉をくるくる丸めて作った筒状の笛を、面白そうにいじりながらシルキーたちがふわふわ飛んでいく。

「鳴らすときは筒の片方をつぶしてね。でも空気の通り道は残さないと駄目よ」

そんな呼びかけが聞き届けられたかは定かではないが、その姿も見えなくなり……ふぅとブリジットは息を吐いた。

素直さが取り柄であるシルキーとの取引は、これで三回連続の成功を収め、ブリジットがリュックサックのポケットに仕舞った魔石も五つ目である。

(シルキーとの取引はこのあたりが限界かしら……小妖精たちはお喋りが好きだから、そろそろ音

の鳴る草は価値が落ちていそうだわ）

手に入れた魔石の内側には、繊細な妖精の羽が意匠として描かれている。これはオトレイアナ魔法学院のエンブレムで、表面はともかく魔石の内側に模様を掘るには、腕の良い魔法技工士、それに細工師が必要となる。加えて技工士個人の魔力の波動が注ぎ込まれているため、模造品を用意する手段はほぼゼロという代物だ。

この魔石を獲得した数で競い合う試験のわけだが、日が高く昇っている現状、果たして自分はどの程度の位置につけているのか。

何度か他のクラスの生徒は見かけたのだが、嫌われ者のブリジットに近づいてくるような相手は誰も居なかったので、情報は集められずじまいである。

（決して悪いほうではないと思うんだけど……）

ううむ、とブリジットは首を捻る。

下準備の草笛準備中に、既にユーリが魔石を獲得している姿を目にしてしまったので……なんというかまったく安心できない。

「いいえ！　やれるだけやるしかないわ……！」

わざと声に出して自分を奮起させる。

――さて、では次はどの手を使うべきか。

精霊種や妖精種の知識においては誰にも負けるつもりはない。

精霊種は真面目さ、妖精種はずる賢さが物語などで取り上げられることが多いが、どちらにも共通するのは〝素直さ〟だ。

精霊は人に対して素直に、真摯な態度で向き合うし、妖精は素直な好奇心や悪戯心から人間で遊びたがる。

そしてこの魔石獲りにおいて、契約精霊の力を発揮できないブリジットが唯一、他の生徒たちを圧倒できるのが、精霊の在り方をよく知るが故の交渉術だった。

（だから私は、精霊が好き）

手練手管を弄する人間という生き物よりよっぽど好感が持てる、とブリジットは思っている。

だからこそ、持てる知識のすべてを総動員して勝利への筋道を探す。

（魔石に引き寄せられる妖精といえば、鉱山妖精のコブラナイとかも集まってそうよね……もう少し森の奥に進んでみようかしら。本当なら川岸周辺にも捜索範囲を広げたいんだけど）

どうしても、ウンディーネを有するユーリがそのあたりの魔石を総取りしている光景が浮かび、なるべく遭遇の確率を排したほうがいいかと思ってしまう。

（負けるつもりはないけど。ただ集中力が散漫になるという理由だけなんだけど！）

やはり胸中で謎の言い訳を重ねながら、ブリジットは斜面を滑り落ちるように進んでいくのだった。

――ブリジットがその声を聞き取ったのは、偶然だった。

「きゃああっ」

年若い、恐らくは同年代の少女の悲鳴。

消え入りそうなそれは、森の奥深い方角から聞こえて……ブリジットは考える前に足を動かしていた。

木の根に埋まっていたのを掘り起こして見つけた、六つ目の魔石をリュックサックに仕舞いながら考える。

(試験の内容を考えれば、聞こえなかった振りをするのが賢いんだろうけど……)

ライバルが減るチャンスだ、とでも考えるほうが正しいのだろう。

第一、この森からは魔物が排除されているから滅多に命の危険はないのだ。

だが人間に危害を加える精霊だって居ることを知っているからこそ、放ってはおけない。

「誰か居るのっ?」

大声で呼びかけながら、声のしたほうに向かって走るが返答はない。

思っていた以上に距離が離れているのだろうか？　分析しながら、声の主の痕跡を探す。

(足跡……は錯綜していて見分けられないわ。せめて精霊が出ていてくれたら……)

契約精霊ならば、何か他者に分かりやすい救援信号を送ってくれそうなのだが。

歯噛みしながら進んでいると、再び少女のものらしき悲鳴が聞こえてくる。

変わり映えのしない木々の合間に目を凝らしたブリジットは、そこで何やら白くて小さいものが宙を舞っているのに気がついた。

(あれは……)

その正体に気がつき、ブリジットは走り出した。

「――いやあっ、ついてこないでくださいいっ！」

叫ぶ少女の目の前に飛び出したブリジットは、「止まって！」と叫んだ。

蹈鞴（たたら）を踏みながらも、なんとか少女が立ち止まる。

その足元には、丸々とした体型に怒った顔つきの小妖精が居るが、ブリジットには攻撃してこなかった。

「大丈夫よ、助けに来たわ。だから何があったか教えてくださる？」

ブリジットは努めて平静な口調で話しかける。

しかし双眸を泣き腫（な）らしていた少女のほうは、ひどく驚いている様子で。

「ど、どうして……っ？」

「あなたの契約精霊……ブラウニーが背後に向かって、たくさん小石を投げてたでしょう？　あれが目印になったのよ」

「……っっ」

なぜか、首を横に振られる。

どうやら問いへの返事としては相応（ふさわ）しくなかったようだが、今はそれどころではない。

「それで、何から逃げてるの？　後ろには誰も居ないように見えるけど」

「それが――あの、誰も居ないんですが、だ、誰かに尾（つ）けられているみたいなんです……っ」

そう切羽詰まった声で言いながら、ブリジットのクラスメイト――黒髪の少女・キーラが背後を振り返る。

ブリジットもつられて、その方向に目線を投げる。

だがキーラ自身が「誰も居ない」と言ったように、やはりそこには何もなく、ただ木々が不穏さを孕んでざわめいているだけだ。

「振り返って何度か確認したの？」

「は、はい。でも何度見ても、誰も居なくて……だ、だけど視線を感じたんです。本当です！」

信じてください、と長い前髪の合間から覗いた瞳がブリジットを見つめる。

もちろん、ブリジットもキーラが嘘を言っているとは思わない。本来はおとなしい性格のブラウニーが興奮していることからも、キーラが本気で怯えていたのは間違いないからだ。

ブリジットはしばし考え込んだ。

（もしかして……）

耳を貸して、というジェスチャーをすると、キーラは躊躇いながらも顔を近づけてくれた。

そっと、ブリジットは囁きかける。

「……キーラさん、服を脱いでくださる？」

「……えっ⁉」

キーラが目をむく。

それからなぜか泣き出しそうな顔になると。

「そ、それはやっぱりあのことを怒ってて……？」

（あのこと？）

ブリジットにはキーラの言っていることがさっぱり分からない。

だが、ブリジットの予想通りだとすると、そういえば服だけでは済まないのだ。

「そうね、服だけじゃないわ。靴も脱いでくれる？」

「く、靴まで⁉　それはその、川とかに捨てるために……？」

「……？　いえ、捨てないわよ。わたくしも脱ぐし。ブラウニーは服を着てないから、そのままでいいけどね」

「えええっ……？」

わけが分からなかったのか、キーラは口を半開きにして固まってしまった。

「脱ぐと言っても、前後ろを逆に着直して、靴は左右逆に履いてくれればいいのよ。できる？」

「え、えっと……わたし……」

「わたくしが先にやるから。信じてくれる？」

言いながら、少しブリジットは笑いたくなってしまう。

魔法学院きっての落ちこぼれ――〝赤い妖精〟と蔑まれるブリジットの発言なんて、いったいどこの誰が信じてくれるのだろう。

（でも、そうだわ。ユーリ様は信じてくれた……）

彼はいつも、ブリジットの言葉を疑ったりはしない。

からかったり、揶揄することはあっても、ブリジットが嘘を吐くことはないと知っているかのように振る舞うのだ。

それがどんなにか嬉しいことか、きっと彼は分かっていないだろうけど。

それに、ユーリだけではない。

ニバルや、他のクラスメイトたちも、ブリジットの――ブリジットの精霊のことを信じて、感謝してくれた。

そんな記憶がしっかりと刻まれているからこそ。

ブリジットは木の陰に移動すると、躊躇いなく服に手をかける。

幸い、今日はドレス姿ではないのだ。侍女の手助けがなくても、服を着直すくらいはひとりでできる。

キーラは唖然としていたが……やがて、自身も木陰に隠れて服を脱ぎ始めた。

しばらく、ごそごそと衣擦れの音だけが響いて。

「…………よし」

準備を終えたブリジットは、キーラの左手をぎゅっと握った。

それだけで彼女の細い肩が、びくりと大きく跳ねる。

「あっ、あの……？」

「これからちょっと走りますわよ、キーラさん。ついてこれる？」

「……っは、はい！」

よろしい、とブリジットは頷いた。

そして一気に、キーラの手を引っ張って走り出す。

靴を左右逆に履いているので、とにかく走りにくいのだが……それでも速度は緩めない。

キーラは振り解かれないよう、懸命に足を動かしている。

少し弱々しい印象の少女だが、ガッツはあるようでブリジットは安堵した。

彼女の契約精霊であるブラウニーも少し遅れてついてきている。

そのまま、二人と一匹は走り続け……樹海のように深い森林を抜けたところで、ようやく立ち止まった。

手を離して振り返ると、キーラはぜえぜえと苦しげに肩で息をしている。

「お疲れ様。よく頑張りましたわね」

呼びかけて、ブリジットは荷物から取り出した水筒を差し出す。

キーラは切れ切れに感謝の言葉を口にしながら、水を一口飲んだ。

足元ではブラウニーが抗議するように飛び回っている。

ブリジットが視線でサインを出すと、キーラは少し離れた地面に水筒を置き、振り向かずに帰ってきた。

直接お礼や報酬を手渡してしまうと出て行ってしまう、というのがブラウニーの特性だからだろう。

小妖精はその水筒を手に取ると、どこかに走って行ってしまった。

「あ、あの。それでブリジット様、どうして服や靴を……?」

「キーラさん、レーシーに狙われていたから」

服を直しながら答えると、キーラがぽかんとする。聞き覚えのない精霊名だったのだろう。

しかしブリジットもその正体に気がついたのは、キーラが「何度振り返っても誰も居ない」と口にしたからだった。

「人を森の中に彷徨わせる妖精よ。家に戻らない旅人の多くは、レーシーに目をつけられてしまったなんて言うくらい。服と靴を逆に身にまとうと、混乱してこちらを追ってこられなくなるの」

「ひぇ……」

我が身が危うかったと気がついたのだろう。キーラの顔色が蒼白になる。

実際にあのまま悲鳴を上げて手当たり次第に走り回っていたら、おそらくキーラを助け出すのは難しかっただろう。

（間に合って良かった……）

ふぅ、とブリジットが息を吐いたところで。

――ポツ、と水音がした。

「雨……」

空を見上げた頬がいくつもの水滴に濡れる。

森を走っていた間に、随分と時間が経っていたのだろうか。晴れていたはずの空はすっかり雨雲に覆われていた。

そうしている間にも大量の雨粒が頭上から降り注いでくる。

「あ、あの……っ」

雨宿りしなきゃと考えていると、キーラが声を上げた。

彼女の指し示す先で、ブラウニーがぴょんぴょんと陽気に跳ねていて――そのさらに先に、小さな洞窟の入り口が見えていた。

ブラウニーが見つけてくれた小洞窟に、ブリジットとキーラは揃って足を踏み入れる。

洞窟というよりは岩穴と呼んだほうが近いだろうか。

空気は温かく、多少ジメジメとしているが不快感はない。

少し進んでいくと、ゴツゴツとした岩肌に囲まれた空間が現れる。

洞窟の中からぼやけた外の景色を眺めるが、ますます雨は勢いを増しているようだ。

遠くからは雷鳴まで響いてきている。

(体力温存のためにも、これはもう休んだほうが良さそう)

服がほとんど濡れていないのは不幸中の幸いだった。

「雨脚が強くなりそうね。ここで一緒に休んでいきましょうか」

「ひゃいっ」

上ずった声でキーラが返事をしてくる。

洞窟の隅にそれぞれの荷物を置くと、ブリジットは外ポケットから小さい土の魔石を取り出した。

「キーラさん。あなたのブラウニーに贈り物をしてもいい?」

「えっ。もちろん大丈夫ですけど、その魔石は……」

「あ、これは持参してきた魔石なの」

これは魔石獲りとは別に、ブリジットが事前に用意していた物だ。

精霊との交渉時に何かしら使えるのではと期待していたのだが、今のところ出会った精霊たちは、〝模様のある魔石〟と〝模様のない魔石〟だと、前者に魅力を感じて交換に頷いてはくれなかった。

どこからか取り出した箒でせっせと洞窟内を掃除している、掃除妖精のブラウニー。

その姿を視界に入れないよう気をつけながら、ブリジットはこっそりと洞窟の隅っこに魔石を埋めておく。

そんなブリジットのことを、キーラは困惑したように見つめている。

『っ、っ、……っ！』

幼児ほどの背丈の小妖精は気づかないまま、息を弾ませて一所懸命に掃除を続けている。

その愛らしい様子を密かに見守っていると、次第にブリジットの肩も揺れてきた。

昔は、この小さな精霊のことを苦手に思っていた。

でも今では、楽しそうに掃除をする姿がとてつもなく可愛く思える。

「どんぐり転がるブラウニー、可愛い可愛い小人さん……るんるん」

「るんるん？」

（あがっ！）

キーラのことを忘れていたブリジットは舌を噛んだ。

そして悶絶しかけながらも必死に口を動かす。

「き、気のせいでなくって？　お、オホホ、雷の音がそう聞こえたのかしら……」

（我ながら苦しいわ！）

だがキーラもさすがに聞き間違いだと思ったのか、「そうですね……」と真面目に頷いている。

ブリジットがブラウニーに背を向け、岩肌に向かって腰を下ろすと、キーラも人ひとり分ほどの距離を空けて横に座る。

しばらく洞窟内には、ブラウニーが歩き回る音と、箒が動く音ばかりが反響した。

「そういえばブリジット様。なんで、わたしの名前を……」

「昨年から同じクラスだもの、知ってますわよ」

ブリジットは苦笑を浮かべた。

むしろこれで覚えていなかったら、ブリジットはとんだ人でなしだと思う。

「……あの、わたしのこと……聞いてますよね？」

「え？」

「あの方から……」

（あの方？）

そういえばキーラは、レーシーに追われているときも何か変なことを口走っていた。

横を見ると、彼女は深く俯いていて、ただでさえ長い前髪に隠れた目元はほとんど窺い知れない。

どう答えたものか迷いながらも、ブリジットは正直に答えた。

「ごめんなさい、なんのことだかサッパリ分からないわ」

「……そう、なんですね……」

抱えた膝ごと、キーラの身体が小刻みに揺れている。

ブリジットは急かさなかった。するとキーラは、震える声音で続きを口にした。

「あの、ずっと……お伝えできなくてごめんなさい。わたし……」

それから、キーラが語る話に、たまに相槌を打ちながら。

話を聞き終えたブリジットは最後に確認として訊いた。

「……そう。それじゃああなたが、わたくしの筆記具を盗んだのね？」

「……はい。本当にすみませんでした」

「素直に話してくれてありがとう」

「は、はい死んでお詫びしま――えっ？」

キーラの震えがぴたりと止まる。

彼女はおずおずと、ブリジットのことを見上げてきた。

「……そ、それだけ？　怒らないんですか……？」

「怒るも何も……もう試験は終わったのだし」

（ユーリ様は、同率一位認定してくれたし……）

教師や学院が認めてくれなかったとしても、ブリジットにとってはそれで充分だ。

それに今まで、学院最下位の試験結果を連発していたのである。それと比べれば、前回の筆記試験では学年三十位という結果だったわけで。

「だって、わたしを先生たちに引き渡すとか……！　そうすれば、試験結果も正されるかもしれません！」

（うーん……それはどうなのかしら）

オトレイアナ魔法学院は自由な気風ではあるものの、試験については厳格である。

一度、貼り出してまで発表した試験の点数を、どんな理由があろうと今さら改めるとは思えない。

それよりもブリジットには気になることがあった。

彼女の肩にそっと手を置き、なるべく静かな口調で問う。

「そんなことよりキーラさん。あなた、誰かに言われてやらされたの？」

「えっ？」

「もしもまだ、何か困っていることがあるなら話を聞くけど」

（だってこの子、そんな卑怯なことするようには見えないし）

それに怯えてはいても、こちらを嫌っているようにも感じられない。

大方、ブリジットに恨みを持つ誰かしらに利用されて、嫌々やらされたんじゃなかろうか。

だとするとブリジットにも少なからず関わりがある。そして気の弱そうなキーラのことを、放っておいていいとも思えない。

（せめてキーラさんが、その人物に今後も利用されないようにしないと……）

するとキーラはどこか惚けた様子で、両手を組み。

小さく呟いた。

「――ブリジット様は、とてもお優しい方ですね」

「えっ」

「だって、わたしのせいで嫌な思いをしたのに……そんなわたしなんかを気遣ってくれるなんて」

「えっ、えっ」

「しかも、森で困っているわたしを颯爽と助けてくださって……そのお姿も、まるで白馬の騎士様のように素敵で……！」

「えええっ」

キーラはグスグスと涙ぐみながら何やら言っているのだが、ブリジットはそれどころではなかった。

（や、優しいなんて、初めて言われたわ……！）

ものすごく照れて顔がほんのり熱くなってくる。

優しいなんて、そんな。そんなことはぜんぜんありませんが。

嬉しがるブリジットは、数週間前にニバルに同じ言葉を言われたことはすっかり忘れていた。あれはほとんど彼の気の迷いだと思っていたのである。

ブリジットはこっほんこっほんと咳払いをして、チラチラとキーラを見やった。

「そ、そうかしら？　わたくしって優しい？」

「優しいです！　女神様のように優しくて美しくて、慈愛の心の持ち主でいらっしゃいます！」

「それは褒めすぎの気がするけど⁉」

「いいえっ。そんなことありません‼」

先ほどまでの小さな声はなんだったのか、というくらいに叫ぶキーラ。

ブリジットは彼女の迫力に圧倒されながらも、再度訊いてみた。

「それで……大丈夫？　キーラさんに命令した人とは……」

「……大丈夫です。わたし、彼女を説得してみます」

黒髪の合間から、きれいな同色の瞳が覗く。

「一緒に、ちゃんとブリジット様に謝ろうって伝えます。だからどうか、それまで……待っていただけますか？」

そんなキーラに、ブリジットは目を見開き……思わず微笑んだ。

(気が弱いなんて、とんでもないわね)

彼女には、彼女なりの考えがちゃんとあったのだ。

なら、ブリジットが変に気を回す必要はないだろう。

「……ええ、分かった。待っているわ」

「はい！　もう二度と、ブリジット様を困らせるような真似(まね)はしません！　一生涯の忠誠を誓います！　だから、見捨てないでください……！」

「え？　も、もちろんよ。見捨てたりなんてしないわ」

「ああっ、ブリジット様……！」

感激したように瞳を潤ませるキーラ。

彼女の声と重なり、遠くのほうから「ブリジット嬢〜！」と叫ぶ野太い声が聞こえた気がした。

（何かしら……今、どこぞの級長の幻聴が聞こえてきたような……）

視界の隅では、ブリジットが埋めた魔石を見つけたブラウニーが跳び上がっていた。


夕方になると、ようやく雨が上がった。

ブリジットはそれだけで、知らず詰めていた息を吐き出した。

（雨の日は、やっぱりいや……）

まざまざと胸に甦るあの日の記憶。

いまだ心を苛む、消えない過去の日の残像をどうにか打ち消し、ブリジットは外の景色を確かめた。

空は既に暗く、森の中はほとんど見通しが立たない。

慣れない環境で魔石探しを再開するのも危険に思え、キーラを振り返る。

洞窟内に、彼女の契約精霊であるブラウニーの姿はない。

精霊が人界に顕現するには、大量の魔力を消費する。精霊界に戻り、しばらくは回復に専念するつもりなのだろう。

そのためか、契約者であるキーラも少々疲れた様子を見せており……というより実際に試験での疲労が濃いのだろう、先ほどから口数も少なくなってきている。

「今日はこのまま野営しましょうか」

「そ、そうですね。それなら、火を熾したほうがいいでしょうか」

ブリジットは首を横に振った。

「……大丈夫じゃないかしら。食料と水の用意はあるし」

分かりました、とキーラが頷く。

そんな彼女に、ひとつ言い忘れたことがあったのをブリジットは思い出した。

リュックサックから携帯糧食を取り出しながら、のんびりと話しかける。

「そういえばキーラさん。あなた、前髪は上げたほうがいいかもね」

「え？」

「すごく綺麗な瞳だもの」

「……っ！」

率直な意見だったが、キーラは驚いたように息を呑んだ。

「…………そう、でしょうか？」

「ええ。わたくしはそう思ったのだけど」

「……ありがとうございます、ブリジット様」

キーラの反応はどこかぎこちない。

何か悪いことを言ってしまっただろうか、とブリジットは顔を上げて——そこで、異変に気がついた。

洞窟の入り口に見える揺らめき。

ブリジットとキーラの姿を覆うように伸びた影が、蠢いて……驚いて振り返ったブリジットは、思わず息を止める。

（セルミン男爵令嬢……？）

燃える松明を手に、入り口に立っているのはリサだった。

雨に濡れたためか、髪の毛から、服から大量の水滴が滴っている。

深く俯いているので、リサの表情は窺えない。

だが、いつもと違う様子なのは明らかで。

「リサちゃん……？」

不安そうに、キーラも彼女の名前を呼ぶ。

リサの口元が、小さく動き続けているのにブリジットは気がついた。

「全部、アンタのせいよ……そうよ、アンタの……」

リサは何やらブツブツと呟いている。

だが、その声は狭い洞窟内に反響してうまく聞き取れない。

「……キーラさん。わたくしが彼女の注意を引きつけるから、その隙に人を呼んできてくれる？」

「え？　で、でもっ……」

「……なんだか様子がおかしいわ。誰か助けを呼んできてもらえると本当にありがたいのだけど」

キーラは躊躇いながらも、ブリジットの言葉に頷く。

それを合図に、ブリジットはリサに声を投げかけた。

興奮させないよう、なるべく平静な口調で。

「セルミン男爵令嬢。わたくしに何か用かしら？」

「っ」

反応は劇的だった。

「ブリジット……っブリジット・メイデルッ‼」

ブリジットとキーラは、同時に凍りつく。

リサの表情はそれほどまでに凄(すさ)まじかった。

血走った目は大きく見開かれ、唇は何度も噛んだためか血が滲(にじ)んでいる。

普段はよく整えられていた髪の毛は額や頬にべったりと張りついていた。

（いったい、何があったの……？）

今まで何度も、リサの敵意を感じてきた。

だがこれほどまでに明確な殺意を向けられたのは初めてだ。

気圧(けお)されながらもブリジットは、キーラの背をそっと押した。

はっとしたキーラが、リサの横をすり抜ける。

「……っお気をつけて、ブリジット様！」

最後にそう叫び、キーラは夜闇の中に消えていった。

残ったブリジットは、なるべく無表情を装ってひとりリサと相対するが――

「……ねえ、なんで？」

ぽつり、と呟かれた、独り言のような言葉に眉を寄せた。

「なんでニバル様も、キーラまで、いつの間にアンタの奴隷になってるの？」

どう答えたものか悩みつつ、口を開く。

「奴隷じゃないわ。ニバル級長やキーラさんは、わたくしのお友達よ」

（と、私は勝手に思ってるんだけど……）

なんて不安げな心の声までは聞こえなかっただろうが、リサが鋭く叫ぶ。

手にした松明を振りかざすように動かしながら。

「〝赤い妖精〟に友達なんてできるわけないじゃない！」

ブリジットは思わず後退（あとずさ）る。

ゆらゆらと不穏に、洞窟内の影が揺れる。

大きな巨人は、まるでブリジット自身を呑み込もうとするかのようで――

「…………ああ、分かっちゃった」

――そうリサが、低い声で囁いたとたんに。

全身に、ぞっと鳥肌が立った。

「ブリジット。アンタ、火が苦手なんじゃないの？」

「……っ」

身体が強張（こわば）る。

その緊張と恐怖を、リサは読み取ってしまったようだった。

「そっか！　そりゃそうよねぇ。だって実の父親に手を焼かれたんだものねぇ！」

ケラケラとリサが笑い出す。

「あっはは、おっかしい！　可哀想！　あなたって本当に哀れで不様よね、ブリジット！」

知らず、手袋を嵌めた左手を右手で庇うように抑えつけて。

ブリジットは冷たい汗を流しながら、それでも気丈に笑ってみせた。

「……そうね。あなたの言う通りよ、セルミン男爵令嬢」

「……は？」

素直に認めるとは思わなかったのか。

リサが剣呑に、目を眇める。そんな彼女と真っ正面から向き合って、ブリジットは口角を吊り上げた。

声が震えそうになる。

ともすれば涙だってこぼれそうだ。

だけど、こんな風に、人を小馬鹿にするためだけにナイフのような言葉を使う少女を相手に。

（負けたくない……）

その一心で、口を開く。

「炎の一族の娘が、炎を苦手にしているなんて……ええ、いい笑い話だわ。だから、いくらでも笑ってちょうだい」

「……何それ。強がりのつもり？」

「いいえ、本心よ。だってあなたの言う通り、笑える話じゃない？」

だから、笑ってもらって構わないと。

そう言ってのけるブリジットに、少なからずリサは衝撃を覚えた様子だった。

だが、瞳に浮かぶ殺意はますます増すばかりで。

「そうだわ、っふふ、あたし良いこと思いついちゃった……」

淀（よど）んだ笑みを浮かべて、妙に嬉しげにリサが言う。

松明の炎を、剣のように掲げて。

「ねぇ、〝赤い妖精〟さん。この炎でもう一度、あなたの手を焼いてみたらどうかしら？」

後ろから足音と、揺らめく炎が追ってくる。

ブリジットは何度か背後を振り返りながら、森の中を走っていた。

「っはぁ……」

狭い洞窟から逃げ出したまでは良かった。

だが意外にもリサの走る速度は速く、なかなか距離が開かない。

――否、実際はブリジットが思うように動けていない。

そのせいでリサをなかなか突き放すことができないのだ。

（炎が……）

別邸の使用人は全員が事情を理解し、ブリジットを火から遠ざけてくれていた。

ブリジット自身も、厨房や焼却炉など、火を扱う場所に自分から近づいたことは一度もない。

学院生活でもそうだ。

街中や学院で炎精霊を見かけたときも、魔法を行使する瞬間は決して目にしないよう注意深く過ごしてきた。

だから今――。

後ろから迫る炎は、ブリジットの視界には大きな波のように見える。

それは時折、父親の腕のように伸びては、たちまちブリジットの身体を蹂躙（じゅうりん）しようとする。

「………っ」

ぐっと歯を食いしばり、ブリジットは必死に足を動かす。

ぬかるんだ土を踏むたびに、足元に泥が跳ねる。

体力は次第に奪われていく。それでも、立ち止まってはリサに何をされたものか分からない。

だが、認識はそれでも甘かったらしい。

リサはいつまでも追いつけないことに苛立（いらだ）ったのか。

後方から投げられた松明が――ブリジットの頭上に、降ってきたからだ。

「え――、」

その瞬間、ブリジットは動けなかった。

目がけて落ちてくる、狂ったように燃え盛る炎をただ見つめて……息もできず、避けられずに、

――バシンッ!!　と鋭い音が鳴った。

気がつけば松明は大きく弾かれ、立ち止まったリサの足元へと落ちていた。

それを目にして、ようやくブリジットは思い出す。

入り込んだ汗で濁った視界でなお、輝くような美貌の人のことを。

（ユーリ様の……）

結った髪の毛を後頭部で留めている髪飾り。

それはあらゆる系統魔法を、一度は跳ね返すとされる最高級のマジックアイテムだ。

きっと今、髪飾りについた九つの宝石の内、赤い石はその輝きを失ったことだろう。

リサからの攻撃を防いで、その役目を果たしたから。

となると、もしかして彼は、こうなることを見越して――ブリジットに髪飾りを贈ってくれたのだろうか。

（ユーリ様が、守ってくれたみたい……）

心強さに僅(わず)かに安堵を覚えると同時、ブリジットは気がつく。

つまりリサの手にしていた松明の炎は、彼女自身が自力で熾(おこ)したものではなく、炎魔法で付与したものだったということになる。

だが、それはおかしい。

（だってセルミン男爵令嬢の使う系統魔法は、確か――）

「――なんでなのよっ!!」

しかし思考はやむなく中断される。

夜の闇を切り裂くように、リサが叫んだからだ。

「あ、アンタっ、名無しと契約してるんでしょ……っ!? なのにこんなのおかしいじゃない、あり得ないじゃないっ!!」

どうやら攻撃を弾いたのは、ブリジットの契約精霊の仕業だと思い込んだらしい。

喚き立てるリサを前に、何か言おうとして――しかしブリジットは口を噤んだ。

（マジックアイテムのおかげです、なんて素直に明かしたら、間違いなくもう一度攻撃されるわ……）

魔石獲りでは他の生徒への攻撃が禁止されているにかかわらず、あっさりとその決まりを破ったリサだ。

しかもその足元の松明は、いまだに小さくなった炎を揺らめかせている。この場でわざわざ種明かしをする意味はなかった。

だが黙ったままのブリジットに、ますます苛立ちが募ったのか。

「なんでよっ！ アンタは落ちこぼれで、馬鹿で間抜けで、みんなから嫌われてるはずで……っ！ それなのにどうしてなのっ!? ねえっ!!」

「セルミン男爵令嬢、」

「うるさいっ！」

興奮したリサが、落ちていた松明を摑む。

ブリジットはとっさに身構えたが、リサがその先端を向けたのはブリジットではなかった。

リサは自分自身の右腕に、無造作に松明を当てたのだ。

「何を……」

止める暇はなかった。

じゅうう、と皮膚の焼け焦げる凄まじい音が響き渡る。

「ううううっ！」

「……ッ！」

苦悶の悲鳴を上げるリサ。だが、彼女は自傷行為を止めない。

そうして、腕にひどい火傷を負ったリサは松明を手から取りこぼした。

「あ、あははっ。あ、熱い……」

悶えたリサの瞳から大粒の涙がぼたぼたとこぼれ落ち、鼻水が滝のように流れ出した。

その顔を見て——思わず、ブリジットはその場にくずおれた。

——痛いです。熱いです。やめてください。

——お願いします、お願いします、許してくださいおとうさま……。

遠い記憶が、息を吹き返したように。

どっと冷や汗が噴き出て、全身が凍りつく。

泣きながらケラケラと笑うリサの姿に、泣き叫ぶ幼い日の自分が重なる。

「何をしているの！」

そこに駆けつけてきたのは数人の生徒と、マジョリー・ナハだった。

何匹ものコロポックルを操るマジョリーだ、おそらく試験の監視役を務めているだろうとは思っていたが、推測通りだったらしい。

そしてマジョリーのあとに走ってきたのは、キーラとニバル、それにユーリで……。

ブリジットのために助けを呼んできてくれたのだろう。キーラは肩で息をしながら、心配そうにこちらを見ている。

それなのにブリジットは、何も言えなかった。

そうしてリサと、泥道の中に呆然と座り込むブリジットを見比べて。

マジョリーは困惑と険しさを含んだ表情で言う。

「これはどういうことですか。ブリジットさん、リサさん」

（……どうしたらいいの。声が出ない）

いくらだって、弁解したいことはある。

だが、何度口を開こうとしても、恐怖のあまりか――身体がぴくりとも動かなくて。

「……ブリジットさん？」

キーラから事情は聞いていたのか。

マジョリーはブリジットのことを気遣うように見つめてくれていたが、それをリサが遮った。

「マジョリー先生」

「……ええ。何か言いたいことはある？　リサさん」

はい、と小さく頷いて。

リサは恐ろしい無表情のまま、言い放った。

突き出すように、その右腕を掲げて。

「ブリジット・メイデル伯爵令嬢が、あたしの腕を焼きました」

リサがそう言い、マジョリーに駆け寄った瞬間に。

シン、とあたりが静まりかえり……そのあとに、大きなざわめきが走った。

第八章　信じてくれる人

「メイデル伯爵令嬢が、セルミン嬢の手を？」

「試験の最中に、そんな暴力的な真似をするなんて」

「でも確か〝赤い妖精〟は、改心した振る舞いを見せていたんじゃ」

木立が揺れるかのように一斉に騒ぎ出す話し声。

マジョリーの腕の中ではリサが震えている。だがその口角が上がっているのが、ブリジットには見て取れた。

「静かに。静かになさいな、あなたたち」

どんなにマジョリーが注意しても、生徒たちは誰も聞かない。

騒がしいのに気がついたのか、森の中に散らばっていた生徒たちも次第に集まりつつあり……その目線の多くは不躾にブリジットへと向けられた。

ぬかるんだ道に座り込んだブリジットは、そんな現状を、どこか他人事のように眺めていた。

（……ああ、いつもと同じだわ）

ジョセフから一方的な婚約破棄を告げられた、あの日を境に変わろうと思ったのに。

――傲慢な女から、ちょっとだけ素直な女の子に。

趣味の悪い洋服は、もう少しだけ好みの格好に。

目の前の問題にも真っ向から向き合って。

厚いだけの化粧を剝ぎ取って、いつか笑ってみたいと。

（魔石獲りだって、全力で頑張ってたのに）

それなのに、今、ブリジットはこうしていつものように後ろ指を指されている。

その事実に打ちのめされて、声を上げることも、立ち上がることもできずにいる。

（結局、私は――）

「ブリジット」

そのときだった。

ふと、至近距離から声をかけられる。

恐る恐る顔を上げたブリジットは……そこに、もうとっくに去っただろうと思っていた人の姿を見て、目を見開いた。

「ユーリ様……」

どうしてか。

いつも冷静沈着な彼の表情が、少しだけ軋んだように見える。

「ブリジット。俯いているのはやめろ」

そう言い放つ声も、一段と低くて。

彼は怒っているのだろう。勝負事の最中に、いったいお前は何をしているのかと。

ますます恐ろしくなって、ブリジットはさらに深く俯いた。

他の誰から軽蔑の目を向けられようと、慣れたものだ。

だがユーリが――彼がそんな目でこちらを見たらと、考えるだけで息が苦しくなって。

（泣いちゃ駄目、なのに……）

小さく鼻を鳴らすブリジットの肩を、苛立ったようにユーリが揺さぶる。

「おいブリジット。聞いているのか？」

「………」

「お前は何もしてないんだろう？　なら、堂々としていればいい」

（え？）

信じられない言葉が聞こえた気がして。

弾かれたように顔を上げると、ユーリはまっすぐにブリジットを見つめていた。

強い意志の灯った瞳には、嘘偽りの色など何ひとつなくて。

「僕も、この二人も、最初からお前を疑ったりしてない」

その言葉に、ブリジットはユーリの背後へと目をやった。

「この二人って……」

「ユーリお前、明らかに俺たちの名前覚えてないだろ……」

そこにはあきれ顔のニバルと、しょんぼり顔のキーラの姿がある。

（あ……）

ようやくブリジットは気がつく。

この暗闇の中で、何も見えていなかった。

周りが全員、自分のことを憎々しげに見ているのだと決めつけていた。

だが、よくよく見回せば、同じクラスの生徒たちは、ほとんどが不安そうにこちらを見守ってい
る。

本当は当たり前のように、ブリジットのことを思ってくれている人が居たのだ。

そしてユーリが、見間違いかと思うほどほんの小さく笑った。

どこか皮肉なその笑みは、ユーリらしくて。

「――分かるか？　お前を信じている、と言っているんだが」

「…………っ！」

視界が涙で歪みそうになって。

慌ててブリジットは目をごしごしと力任せに拭う。

泣いている場合ではない。ブリジットには、やらなければならないことがある。

「立てるか？」

「はい。平気、ですわ」

ユーリの腕を借りずに、ブリジットはゆっくりと立ち上がった。

少し身体がふらつく。だが、数分前よりずっと平気だ。

（……落ち着いて。息を吸って、吐いて。大丈夫……）

「マジョリー先生」

声はなんとか震えずに済んだ。

リサに縋りつかれ、すっかり困惑しているマジョリーがブリジットを見つめる。

「マジョリー先生。わたくしは、セルミン男爵令嬢を傷つけたりしていません」

堂々とブリジットが言うと、再び生徒たちの間には動揺が走った。

さらに続けてキーラが前に出る。

「わっ、わたしも証言します。リサちゃ……リサ様が、洞窟で休んでいたわたしとブリジット様のところに、松明を持って突然現れたんです。リサ様の様子がおかしいから、急いで助けを呼んできてほしいと、ブリジット様はわたしにおっしゃったんです！」

人前に立つのも恐ろしいのだろう、キーラの足はがくがくと震えていたし、声も裏返っていたが……それでもブリジットのために、必死にその場に留まってくれている。

リサは、憎しみの籠った目でブリジットとキーラを睨みつけた。

「騙されないでください！　その二人は嘘を吐いています！」

立て続けに彼女は叫んだ。

「マジョリー先生、あたしはジョセフ様との仲を嫉妬されて、ずっとブリジットに虐められていました！　彼女はまた、あたしを陥れようとしているんです！」

食い違う両者の言い分に、ますます周囲の話し声は大きくなっていくが、マジョリーは判断に悩んでいるようだった。

教師の立場としては、どちらか一方を信じる——とは迂闊に言えない場面だろう。

（何か、証拠があれば……）

ブリジットは必死に考えを巡らせる。

炎魔法を防ぎ、一部分が壊れただろう髪飾りはどうか……と思うが、しかしそれも決定打にはならないだろう。

そもそもブリジット自身が、系統さえ不明の微精霊と契約したとはいえ炎の一族の出身なのだ。

自分で髪飾りを壊したのではないかと反論されれば、どうしようもない。

膠着する場をさらりと撫でるように、頭上から声が降ってきたのはそのときだった。

『ねぇ。それ、良かったらワタシが解決してもいいわよ』

聞き覚えのある柔らかな女性の声に、ブリジットが驚いて見上げると。

（ウンディーネっ？）

ふよふよと、空を漂うように舞い降りてきたのはユーリの契約精霊——ウンディーネで。

「えっ、本物……!?」

「すごい。綺麗な精霊……」

美しい最上級精霊が唐突に出現したために、周囲には一気に興奮の声が広がっている。

というのも、数え尽くせないほど存在する精霊の中で、最上級の位置にある精霊は一般的にはほとんど目にする機会がないからだ。

しかしその中で、ひとりだけ渋面で溜め息を吐いたのがユーリだった。

「どこに行ったのかと思ったら……」

『ごめんなさいねマスター。ここの小川は気持ちがいいのよ』

うふ、と魅惑的な微笑を浮かべるウンディーネ。

それだけで何人かの生徒が、薄闇の中でも分かるほどに顔を赤らめている。

(そういえば……)

学院は周囲を森に囲まれており、その森に沿うようにして小川が流れている。

以前もユーリはその小川でウンディーネを遊ばせていたが、今思えばあれは精霊自身の希望だったのだろう。

「……ウンディーネ。それで、今出てきたのはそういうことか?」

『そういうことよ。さすがマスター、察しがいいんだから』

そんなやり取りのあとに、ウンディーネはのんびりと——だがよく通る声で言い放った。

『お集まりのみなみな様、我が一族の水鏡のことはご存じかしら?』

その一言だけで、ブリジットはすぐに思い当たった。

(まさか……)

水鏡は、ウンディーネが持つ特殊な能力のひとつだ。

自身が目にしたものを、水面の上に呼び起こして再現する力。

『ウンディーネの水鏡』というタイトルの物語では、その優れた能力で夫となった人間の不倫を暴いたために、ウンディーネが殺されるという悲劇の結末が描かれた。

あまりにも有名な話なので、水鏡のことを知らない人間はこの場に居ないだろう。

だから、その言葉の真の意味が浸透していくにつれ、さざ波のようなざわめきが広がっていく。

そんな大衆をのんびりと眺めながら。

にっこり――と、頬に手を当ててウンディーネが微笑む。

ブリジットには女神の微笑のように思えたが、青を通り越して白い顔をしたリサには、きっと悪魔のそれに見えたことだろう。

『そちらの女の子が、自分の腕に松明を押しつける瞬間なら、ようく見てたから――うふ。ワタシの水鏡に映しちゃいましょうか？』

一瞬、森の中は痛いほどに静まりかえる。

黙り込んだ生徒たちは、その瞬間にすべてが理解できたことだろう。

あからさまに動揺したリサと。

正反対に、降って湧いた幸運にほっと吐息したブリジット。

どちらが正しい発言をして、どちらが嘘を吐いていたのか――。

そんな状況で、最初に口を開いたのは精霊学の教員であるマジョリー・ナハだった。

先ほどまでの険しさはすっかり消え失せ、いつも通りのおっとりとした口調で彼女は言う。

「ありがとう～、ウンディーネ。協力に感謝するわ」

『いいえ。ワタシはただ、困っている女の子を見過ごせないだけよ？』

空中で器用に振り返ると、ブリジットを見てウィンクしてみせるウンディーネ。

そんなウンディーネに、ブリジットもぎこちないながら微笑みを返した。

「水鏡は、公正を期すため先生が他の先生たちと一緒に確認します。ブリジットさんはそれでいいかしら」

「はい。もちろんですわ」

「リサさんも、異存はない？」

「え……あ、……そ、そんなの見る必要ありません！」

自分にとって、思いがけない方向に話が進んでいると分かったのだろう。

慌てふためくリサにマジョリーは首を振る。

「そんなはずないわ。真実を映す水鏡があれば、あなたの無実が証明されるはずじゃない」

「そっ、それは、…………っ、ウンディーネはユーリ様の契約精霊です！　ブリジットはユーリ様に取り入ってたし、だからウンディーネの水鏡なんて信用しないでください！」

「……リサさん」

リサがびくりと震える。

「あなたは、他の生徒を、大勢の前で嘘吐き呼ばわりしたわ。……それがどういうことかは分かっている？」

「…………ッ!!」

これ以上なく悲愴な顔つきになるリサを眺めながら、無情にも他の生徒たちは言葉を交わしている。

そんな光景は、ブリジットにとっても気持ちの良いものではなかったが、マジョリーはリサの立場を最低限 慮ってくれたようだった。

「みんな聞いて。試験は一時中断とします。今日は全員、学院に戻って宿舎に泊まること。寮生は自分の部屋を、それ以外の生徒は別棟が空いてるから使ってね。まだ集まっていない生徒は先生の精霊が回収します」

てきぱきと告げたマジョリーがコロポックルたちを放ち、力なく俯いたままのリサの肩を押して歩き出す。

それが合図となり、戸惑いながらも何人かの生徒はマジョリーについていくように歩き出した。

ブリジットと同じクラスの生徒たちは、こちらに駆け寄ってこようとしたが……ニバルがそれを押し留める。

「あー、ホラホラ、全員宿舎に向かうぞ。夜道は危険だから光魔法使えるヤツは明かり出してくれ」

級長らしくみんなをまとめるニバルだが、最後に振り返ると。

くわっと目と口を開けながら、ユーリを鋭く指さした。

「これは貸しだからな、ユーリッ！」

「……さっそく返品したいんだが」

「駄目に決まってるだろ！　じゃあ……任せたからな！」

「チクショー！」とか叫びながら去って行くニバル。

視線を右往左往させつつ、キーラも不安そうに話しかけてきた。

「ブリジット様。あの……」

「大丈夫だ。僕が連れていくから」

「……は、はい。じゃあわたし、洞窟に置いてきちゃった荷物を取ってきます！」

びくびくしながら走り出すキーラを見送ってから、ユーリは傍らを見上げると。

「にしても、お前が特定の人間に肩入れするなんて珍しいな」

『マイマスター。その言葉、そのままお返ししちゃおうかしら？』

宙でくるくる反転し、尾ひれを振ったウンディーネがクスクスと笑う。

『それじゃ、マスター。〝赤い妖精〟さんのお相手はお任せするわね』

そう言い残して、空間に溶けるように消えるウンディーネ。

先ほどまでの喧噪が嘘のようにあたりが静まり返ると、ユーリはブリジットを見つめた。

「ブリジット」

「…………」

「ブリジット？」

ユーリの声は、信じられないほどに優しくて。

それまで言葉を発さず、黙り込んでいたブリジットは――急に力が抜けて、思わずこぼしてしまった。

「…………怖かったです」

ユーリは、やっぱり笑わなかった。

ただ、「そうか」と頷く。だから次々と、隠していた本音がブリジットの中から溢れてしまう。

「もう駄目だって、何度も――思って。苦しくて、痛くて……」

「……分かってる」

柔らかな感触が、頭を撫でた。

それが彼の手のひらだと気づくまでは、少し時間がかかって。

「よく耐えた。よく頑張ったな。……ブリジット」

「……っっ」

じわ――と、目の縁に涙が盛り上がる。

なんだかいろいろ堪えることができなくて、思わずブリジットはユーリの胸にしがみついた。

「うわっ！」

露骨に嫌そうな悲鳴が聞こえた気がしたが、気づかない振りをする。

ぎゅうと閉じた瞼の裏が熱い。涙は絶えずこぼれ落ちて、頬ごと溶けていってしまいそうだ。

それに、ひぃひぃと喉から情けない音まで出ている。

そうして子どものように、どうしようもない醜態を見せるブリジットに、ユーリは困った様子だった。

「なぜ泣く」

問うその声まで、困惑に揺れている。

「な、泣かせるようなこと、あなたが言うから」

ひどい責任転嫁だ。よく分かっている。

それでもブリジットは、そうでも言わないと、たぶんうまく呼吸ができなかったのだ。

「……そうか。なら泣いていい。僕の責任だからな」

呆れたような頷きさえ、ひどく優しくて。

何度も嗚咽をこぼして、しゃくり上げて、ブリジットは泣いた。

——そして数分後。

落ち着いてきたところで、はたと我に返った。

(わ、私。いったい何をして……⁉)

いくら動揺していたとはいえ、限度というものがある。

正体をなくすほど泣いて、感情に振り回されるなど、貴族令嬢としてあるまじき振る舞いだ。

ショックのあまり涙は引っ込んでいたが、同時にブリジットは大変なことに気がついた。

「ご、ごめんなさい。鼻水ついちゃったかも……！」

慌てて離れようとするが、逆に引き寄せられた。

ユーリの片腕の中に、そっと閉じ込められる。

氷と呼ばれる彼の腕は、思いがけず温かかった。

無性に、その温かさが恋しく、愛おしく思えて、ブリジットは小さな声でお礼を言う。

「ありがとう……ございます、ユーリ様」

「……別に」

『「別に」って、マスター。可愛い妖精さんの窮地を救ったのはワタシよね？』

そこに、先ほど消えたばかりのはずのウンディーネの声が聞こえてきたので、跳び上がるような勢いでブリジットはユーリから離れた。

誰にも見られていないと思えば、ユーリに甘えることもできたが――しかし、目撃者がいるとなれば話は別である。

（というかウンディーネ、もしかして最初から見てたんじゃ……）

そわそわするブリジットは、広げたままの腕をユーリが不機嫌そうに腕組みの形に組み替えたのにはまったく気がついていなかった。

「…………水の魔石は弾む」

『魔石だけじゃ足りないわ。聖水もお願いしまーす』

「…………ハァ」

溜め息を吐きながら、軽く顎を引くユーリ。

そんな二人のやり取りを聞きつつ。

今さらながら、ブリジットは少し不思議に思う。

余裕が出てきたことで、ようやくおかしなことに気がついたのだ。

（懇意にしているセルミン男爵令嬢が、あんなことになったのに……）

結局、騒ぎの間、一度もジョセフは姿を見せなかった。

翌週のこと。

学院の掲示板の前は、試験発表を確認しにきた多くの二年生たちで賑わっていた。

「うおお！　さすがブリジット嬢……！」

「本当にすごいです、ブリジット様！」

夏期休暇前に行われた、魔石獲りの試験。

その結果は、一位がユーリ、二位がブリジットというもので……それを見上げながら、ニバルやキーラが目を輝かせている。

他のクラスメイトたちも次々と祝福の声を投げかけてくれて、ブリジットの周囲は一種のお祝いムードに包まれていた。

しかしブリジット本人は「オホホまぁこんなものですわ」とか扇をバッサバサしつつ、ショックが隠せずにいた。

（ま………負けたわ――――!!）

騒ぎがあったことから、中断となった魔石獲り。

あのあとも試験再開の目処は立たず、結局、一日目の魔石獲得量のみで試験結果は発表された。

ユーリは魔石八つ。

ブリジットはといえば、七つである。

三位以下の生徒は、四つ、三つ……と名前が並んでいる。だから三位以下を引き離して二位となったブリジットは注目の的となっているわけで。

――だが本人の目に入っているのは頂点に立つ、たったひとりの名前だけだった。

(あ、あとちょっとだったのに……!)

二日目も自由に動き回れれば、一日目以上の成果を出す自信があった。

きっとたくさん精霊が潜んでいるだろうとアタリをつけていたスポットもある。

(悔んでも悔みきれないぃ〜……!)

そうして密かに悔しさに震えながらも、ブリジットはキーラにこっそりと問うた。

「それにしてもキーラさん。本当に良かったの?」

「え?」

「魔石のことよ。わたくしにひとつ譲ってくださったでしょう?」

魔石獲りの夜。

ユーリに連れられ、初めて入った学院の宿舎にどぎまぎしていると――寮生活をしているキーラが、荷物と一緒に魔石をひとつ渡してきたのだ。

なんと、二人で雨宿りしていた洞窟の奥には、魔石が二つ埋まっていたのだという。

おそらくは精霊が、人間や他の精霊から隠そうとしてそのまま忘れていったのだろう。

発見したのはキーラなのだから、と断るブリジットに、しかしキーラは「受け取ってください」と譲らず、結果的にブリジットは七つ目の魔石を手に入れられたのだ。

だが、それはつまり、キーラの点数を奪ったということになるわけで。

「いえ、わたしが受け取ってほしかったんです。そのぅ……なんだかロマンチック、ですし」

もじもじしながらキーラが呟く。

ああ、と合点がいってブリジットは頷いた。

『風は笑う』のワンシーンですわね。もともとひとつだった魔石を半分ずつに砕いて、リーン氏とシルフィードがお守り代わりにと分け合ったという――」

「そ、そうなんです！」

真っ赤に染まった頬を両手で押さえ、キーラが力強く肯定する。

「あのわたし、ブリジット様と、リーン・バルアヌキとシルフィードのような関係になりたくて……っ」

「なに言ってんだ、魔石獲りで手に入れた魔石は全部回収されただろ」

聞いていたニバルに茶々を入れられ、キーラがむっと頬を膨らませる。

そして彼女はいそいそと、長い前髪を両手で上げてみせると。

それまで隠れていた、夜空のような漆黒の瞳が現れた。

「――あの。わたし、この目をブリジット様に褒めていただきました」

（可愛い……！）

威嚇のつもりか、ニバルを睨みつけているものの……初めてしっかりと目にしたキーラの素顔は、とっても可愛らしかった。

潤んだ大きな瞳に、さくらんぼ色の小さな唇。小動物めいた愛らしさを宿した容姿である。

目撃した他の生徒たちも一斉にざわつき出す。

突然目の前に美少女が現れたので動揺しているのだろう。気持ちはよく分かる。

しかしニバルだけは前に出て、そんなキーラに容赦なくガンを飛ばすと、

「俺も前に、階段を二段飛ばしで上がれるなんてすごいとブリジット嬢に褒められたが……？」

「け、契約精霊のブラウニーに、ブリジット様から魔石を贈っていただきました」

「俺はブリジット嬢と一緒に、エアリアルと外で食事を取ったが……⁉」

「それ、ブリジット様はエアリアルと話したかっただけでしょう！」

何やらわけの分からない言い合いが始まってしまったので、ブリジットは無言でその場を離れたのだった。


放課後になると、すぐさま教科書を鞄に詰め込み、ブリジットは図書館のほうへと向かう。

入り口から脇道に逸れ、庭園を進んでいけば……少し久しぶりに感じる四阿には、さらさらの青い髪の毛が見えて。

本を読んでいるのか、少し傾いた丸い後頭部がちょっぴり可愛らしい。

「ユ――」

呼びかけようとして、ブリジットは唇の動きを止める。

彼の前であられもない姿を見せてしまったのは、まだ記憶に新しく……おかげで羞恥心が呼び起

こされてしまったのだ。

たぶんユーリは、些細なことだと気にしていないと思う。

だから何事もなかったように振る舞うべきなのかもしれないが、そういうわけにもいかなくて。

（ユーリ様には、弱いところばかり見られてしまう……）

いつか彼の弱いところも大量に仕入れたい、なんて密かに考えるブリジット。

すると良からぬ気配に気がついたのか、ユーリがくるりと振り返って。

「そんなところで何をしてる？」

「なっ、なんでもありませんわ！」

大慌てで答えたブリジットは、そのまま席に着いた。

向かいのユーリが本を閉じる。無言で向かい合うとそれだけで、胸の鼓動が速くなった。

「あの、髪飾り……」

軽く眉を上げるユーリ。

顔を見るのが気恥ずかしく、ブリジットは頭を下げる。

「ありがとうございました。ユーリ様は、最初から、ああいう事態になるのを想定して……？」

「……まぁ。お前、僕に負けないレベルの嫌われ者のようだからな」

いつかブリジットがそう言ったのを思い出したのか。

テーブルに頬杖をついたユーリが、少しだけ口元を緩める。

普段の冷たい無表情とは打って変わったその顔つきに、鼓動が高鳴り……誤魔化すようにブリジットは続ける。

「それにっ、水鏡のことも……」

「あれこそ、僕はなんの役にも立っていないが」

ブリジットを救ってくれたウンディーネの水鏡。

マジョリーをはじめとする教師陣が確認したというそれには、リサが自身の腕に松明を押しつける姿がしっかりと映し出されていたらしく、彼女は一週間の停学処分となり――だが、それが明けた今も部屋からは出てこない。

キーラは毎日、隣室だというリサの寮部屋を訪ねているそうだが、今のところリサ側からの応答は皆無のようだ。

本来であればブリジット自身が、彼女と話すべきとも思うのだが、あれ以上リサを追い詰めてしまったらと考えると踏み切れない。

それにキーラとリサは、家の領地が隣り合っていることから、幼馴染み(おさななじ)のように過ごしてきた関係らしい。

任せてほしいと言われてしまった以上、ブリジットはキーラに頼ろうと思っていた。

「――それで、勝負の件だが」

改まってユーリにそう言われ、ブリジットはぎゅっと口元を引き締める。

「掲示板を確認したところ、僕の勝ちのようだな」

昼間の貼り出しの際は姿の見えなかった彼だが、キチンと結果のほうは確認していたらしい。

「……はい。おめでとうございます」

またどうでも良さそうな返事が返ってくるかと思いきや、今日は少しユーリの反応が違っていた。

彼はどこか困ったように嘆息したのだ。

「……そう言われてもな。僕が自力で手に入れた魔石は二つだ」

（残りの六つは、契約精霊が集めてきたってことかしら）

それならば、どちらにせよユーリの実力である。

だからどんなにユーリが躊躇いがちであろうと、ブリジットは勝負の結果をおとなしく呑むつもりだった。

（負けは負けだもの。今さら、逃げたりはしないわ……！）

「……負けたほうは、勝ったほうの言うことをなんでもひとつ聞く、ですわね」

ブリジットの発言に、黄水晶の瞳が試すように細められる。

ユーリはそして、ブリジットのことを正面からじっと見つめて。

「僕の家に来てくれないか」

――――幻聴。

頭の中にそんな一言が浮かぶ。

（いやだわ、私ったら……疲れてるのかしら）

「ごめんなさい、ユーリ様。わたくしうまく聞き取れなくて」

「――だから、僕の家に来てくれないか」

おかしい。まだ耳の調子が良くないようだ。

ブリジットは首を捻りながら、もう一度聞き返した。

「え？」

「僕の家に来てくれないか」

「え？」

「……僕の家に来てくれないか」

「え？」

「僕の…………そこまでいやなら、無理にとは」

ユーリが目線を逸らす。

それでようやくブリジットは、本当に「僕の家に来てくれ」と言われていたらしいと思い当たった。

「ちっ、違うのです！　だって聞き間違いかと思いまして！」

必死に弁解するブリジットだが、ユーリもとんでもないことを言い出した自覚はあるのか、どこか気まずげだ。

別に、恋人同士であるとか、婚約者同士であるとか、そういう間柄であれば何もおかしい話ではない。

だが今回の場合――勝負に勝った男性が、一種の命令として「自分の家に来い」と負けた女性に言ったわけで。

そうなるといささか、というかかなり、意味合いは変わってくる気がする。

（は、はしたないことを考えちゃダメよ私！）

ブンブンブン！　と頭を振って、ブリジットは妄想を打ち払う。

それにそうだ。相手は水の一族の令息、ユーリ・オーレアリスなのである。

とてもじゃないが、色気のある理由で呼ばれるとは思えないし……そもそもユーリは相手の女性に困らない身分だ。

他に魅力的な女性はいくらでも居るのだから、わざわざ嫌われ者のブリジットを呼びつける必要なんて皆無である。

「いや、……引かれるのは分かっている。家に呼ぶ理由も、今はうまく説明できないんだが」

（そ、そうよね。何か理由が――重大な理由があるのよ、私はちゃんと分かってるから！）

努めて平静を装いつつ、しかし口元はパタパタと扇で隠しながら、ブリジットは頷いてみせた。

「……う、伺いますわ」

「そうか。助かる」

「…………」

「…………」

変な空気が場に流れる。

この場に留まると余計なことを口走りそうだったので、ブリジットはぎこちなく立ち上がった。

「帰るのか？」

「え、ええはいあの、はい帰りますわえええ」

(混乱してまともに口が……！)

ふらふらするブリジットを見送って、ユーリが「そういえば」と口を開く。

なんだろうと瞬きすると、彼はその眼光鋭い瞳でブリジットを見ていて。

「二位おめでとう、ブリジット」

「――あ、ありがとうございます」

お礼を伝えてから、ブリジットは四阿を出た。

急ぎ足で道を進みながらも、口端は耐えられずに上がっていき、そして最終的に、

「……………えへへ」

へにゃ、とだらしなく緩まる頰を押さえる。

自分でも単純だと思うのだが、ユーリに褒めてもらえるだけで嬉しくて仕方がない。

結果は二位だし、ユーリには及ばなかったのだが――それでも、彼が認めてくれていることが嬉しいのだ。

(ユーリ様と居ると、いつも楽しい)

とびきり口が悪いくせに、優しい人。

あとから思い出すと、頭を抱えたくなることとか、恥ずかしくて身悶えしたくなることもあるのだが。

彼と過ごす時間は、ブリジットにとって何より特別で。

……きっとこれは、幸せと呼んでいい感情なのだろう。

まだ取り扱いに困るくらいに、落ち着かないけれど。

（お家にお伺いするんだったら、何か手土産も用意しないと……シエンナに案を訊いてみようかしら）

先ほどは動揺してしまったが、水の一族と名高いオーレアリス家にお邪魔するのだ。

運が良ければ、他の水精霊や氷精霊を目にする機会もあるかもしれない。そう思うと胸が弾む。

そうして、人目がなければきっとスキップしていただろう足取りで、馬車の停車場へとやって来たブリジットは。

（え……？）

その石畳の道で――背の高い人物が、待ち構えるよう佇んでいたのにようやく気がついた。

立ち止まり、静かに目を見開くブリジットに。

その人が気づき、ゆっくりと振り返る。

髪と瞳に金色を宿した人。

フィーリド王国の第三王子であり――ブリジットの元婚約者である、彼が。

「…………ジョセフ……殿下？」

数十日ぶりに近くから見つめ合って、ブリジットは動けなくなった。

そして、あのとき冷たく婚約破棄を告げた唇が。

目の前でゆっくりと、柔らかな弧を描いていた。

「もう一度、婚約しよう。俺とやり直さないか、ブリジット」

書き下ろし番外編

帰るべき場所

その日シエンナは、学院に向かうブリジットの見送りをしたあと、王都にて買い物をしていた。

主人であるブリジットが魔法学院に登校している間も、シエンナにはやるべきことがある。

ブリジットが使う化粧品や衣服、靴や装飾品、小物などを選ぶのは専属侍女たるシエンナの大切な仕事だ。

今日は行きつけの服飾店を回り、ブリジットに似合う衣装を見繕っていた。

婚約者であった第三王子・ジョセフの言いつけで、一時期は派手な化粧品と、ピンク色のドレスばかりを買い集めていたブリジット。

しかしジョセフの呪縛――とシエンナは思っている――から解放された今、可愛らしい主人のことを、誰より素敵に飾りつけたくて仕方がなかった。

買ったばかりの衣服一式を、持ち直しながら。

（本当は、ブリジットお嬢様と一緒に来たかった……）

ブリジットの体型、それに好みの色や柄の情報は、すべて頭の中に叩き込まれている。

だが色味のイメージや、実際に身体に合わせてみた場合の感触などはなかなか摑みにくいものだ。

特にオレンジ髪で小柄なシエンナでは、鮮やかな赤髪に、女性としては身長の高いブリジットの身代わりは、とてもじゃないが務まらないし。

……というのは建前で、単にブリジットと出かけたかった、というのが本音ではあるのだが。

（いけない。すぐにお嬢様を独り占めしたくなるのは、私の悪い癖だ）

気を引き締めるために、頰をむにりと引っ張る。

そうしながらも考えずにはいられなかった。

――今頃、ブリジットはどうしているだろうか。

婚約破棄後のブリジットは、直後の数日間こそ塞ぎ込んでいたもののずいぶんと明るくなった。

それはきっと、学院で知り合ったというユーリや、ニバル、キーラといった友人たちのおかげなのだろう。

学院でも、ブリジットは新たな居場所を得ている。

嬉しく思うと同時にどこか切ないのは、自分が主人の助けになれなかった自覚があるからだ。

（そもそも私は、最初からたくさんのことを間違えていた……）

自責の念と共に、苦い過去を思い返す。


メイデル家の別邸には、使用人が少ない。

というのもその多くは、元々は本邸で働いていた使用人ばかりで、メイデル伯爵によって能力不足などを理由に別邸付きにされた者ばかりだからだ。

シエンナもその内のひとりだった。

当初は侍女見習いとして本邸に置かれていたが、愛想がないことと、周囲の使用人とうまくいっていないことを指摘され、完成したばかりの別邸に追いやられたのだ。

メイデル家と遠縁――といっても、大して裕福ではない商家にシエンナは生まれた。

食(く)い扶持(ぶち)を減らすため、八人兄弟の末っ子であるシエンナは七歳にしてメイデル家へと奉公に出された。

それから間もなく、家族は全員が引っ越したという。行き先は知らされていなかった。自分が捨てられたのだと気がついたのは、そのときだった。

表情の変化に乏しいシエンナは、家族の中でも浮いた存在だった。そんなシエンナをメイデル家に押しつけて引っ越し代が稼げたのなら、両親としては万々歳だっただろう。

ひとりで生きていく覚悟を決めたのはそのときだ。

それに炎の一族と名高い伯爵家の侍女として成り上がれば、将来の良縁にも恵まれるだろうという打算もあった。

しかしそんなシエンナは、勤めて数ヶ月で本邸から別邸へと異動させられることとなった。

同じく異動となった使用人たちの大半は、ブリジットの境遇に同情的で、甲斐甲斐しく世話を焼いていた。

シエンナの場合はそうでなかったのは、八つ当たりじみた感情の矛先を、その少女に向けていたからだ。

――ガシャン！　と大きな、硝子(ガラス)の割れる音が響き渡った。

「ご、ごめんなさい」

その言葉を聞くのは今日で何度目だろうか。

シエンナは呆れる思いで溜め息を吐く。すると怯えるように肩を震わされ、ますますイライラしてしまった。

別邸の幼い主人――ブリジット・メイデルは、以前は天真爛漫な子だったという。

精霊を好み、彼らの出てくる本や物語を読み耽ったり、屋敷を抜け出して妖精を探すこともしばしば。

シエンナも何度か、ブリジットを必死に追いかける使用人たちの姿を見たことがある。

だが現在、燃えるような赤い髪の毛にくるまるようにして、ブリジットは深く俯いていた。

包帯の巻かれた左手が、小刻みに震えている。椅子の下には割れた硝子が散乱し、手鏡が落ちている。

「お嬢様が謝る必要はありません。掃除しますので、少し離れてもらえますか？」

「……分かった……」

冷たく言い放てば、気落ちしたようにブリジットはおとなしくその場を離れた。

用具入れから箒を取り出したシエンナは、硝子の破片をてきぱきと片づけていく。

どんなに些細なことでも、仕事の手を抜いたことはなかった。掃除だろうと洗濯だろうと雑用だろうと、率先して動いてきた。

（それなのに、なんで私はこんな子どもの世話をさせられているんだろう）

大きく立派な本邸から、子どもひとりを押し込めるための別邸への異動。

しかもその別邸には、他の屋敷では考えられないような特徴があった。

まず、本邸の裏側に隠れるように配置されていること。

本邸で暮らす人間からは、ほぼ見えない位置取りである。メイデル伯爵はよほどひとり娘のことを目に入れたくないのだと、周囲でも噂(うわさ)されていた。

次に、建物の中に暖房器具の一切がないこと。

その最たるものとしては暖炉だ。別邸にはひとつとして暖炉がなかった。

それは数週間前、契約精霊に恵まれなかったブリジットが、父親によって暖炉で手を焼かれたためである。

厨房や焼却炉でも最小限の火を使い、使用するときは必ずブリジットの居場所を確認してからという決まりもある。

どれもシエンナにとってはくだらない決まりだ。

今はまだ六月だからいい。だが、寒さの深まる季節をいったいどう乗り切るつもりなのか。

王都の冬は冷え込む。夜間には凍えるような温度になることもあるというのに。

そうして苛立(いらだ)ちが募る毎日を過ごしていた、ある日。

また「ごめんなさい」と頭を下げるブリジット相手に、思わずシエンナは呟(つぶや)いてしまった。

「そんなに謝るくらいなら、私を本邸付きに戻してほしいです」

直後に、はっと口を覆う。

さすがに失言だった。本邸から追いやられたのはブリジット自身なのだ。

そんな少女に、自分を本邸に戻せと要求してしまうなど。

「いえ、今のは」

「……分かったわ」

しかし、思いがけない返事があった。

「ごめんなさい。絶対にって約束はできないけど、おとうさまにお願いしてみるわ」

俯いたまま、ボソボソと口を動かすブリジットを、シエンナは冷たい目で見下ろした。

（できないなら、できないって言えばいいのに）

わざと期待させるようなことを言うのは、ご機嫌取りのつもりなのだろうか。

どうせ口だけだ。数日経ってから「無理だった」とでも言い出すか、都合良く忘れた振りをするのだろう。

だからシエンナも忘れることにした。その結果、ブリジットに謝るのも失念していた。


次の日のことだった。

玄関前の掃除をしようと外に出ると、小さな子どもが哀願するような声が遠くから聞こえてきた。

「お願い。じい、お願い」

（……お嬢様の声？）

声はどうやら、本邸のほうから響いているらしかった。

別邸を抜け出したブリジットが、まさかおもちゃでも強請っているのだろうか。

そう思ったシエンナは、人気がないのを確認してからこっそりと本邸の裏口を覗く。普段は許されないのだが、気になるのだから致し方ない。

しかしそこには、想像していなかった光景があった。

本邸付きの執事の前で、懸命に頭を下げるブリジットの後ろ姿がそこにあった。

「私は、物置にでも入れてくれればいいの。ひとりでいいの。だからシエンナを、みんなを、おうちに戻してあげて。お願いよ、じい」

必死に縋りつく主の子どもを前に、執事は困惑の面持ちをしていた。

暖炉での一件の際に、いの一番に伯爵の所業を止めようとしたという老齢の執事だ。伯爵に殴られ腫れ上がった頬を、シエンナも目撃した。今は神官の魔法で、既にその怪我は完治していたが。

「お嬢様……お気持ちは分かりますが、どうかお静かに。もしこのことが、旦那様に露見したら……」

「そうすれば、おとうさまに会える？　私、シエンナのことをお願いしたいだけなの」

「お嬢様……」

遠目にも、ブリジットは震えていた。

父親のことを口にするとき、震えは一際大きくなったようだった。

当たり前のことだ。数週間前、手を焼かれたのだから。今も恐ろしくて不安で、どうしようもないのだろう。

それなのにブリジットは、シエンナのために必死に頭を下げている。

「お嬢様！」

もはや黙って見てはいられず、シエンナは飛び出した。

驚いたように振り返るブリジット。しかしその小さな身体が、急に傾いだ。

慌てて受け止めるシエンナだったが、ブリジットの身体の茹だるような熱さに驚かされた。

「熱が……」

荒い息を吐き、ぐったりとしているブリジットを執事が軽々と抱き上げる。

彼は周囲を確認してから、素早く別邸に向かって動き出した。

慌てて追うシエンナに、前方から遅れて説明の声が届いた。

「怪我の後遺症です。ひどい熱が出て、意識が朦朧としてしまうことがある」

（……知らなかった）

ごめんなさい、と謝っては項垂れていたブリジット。

あのあと、いつもひとりで部屋に引き籠っていたが、そのときブリジットは泣いていたのだろうか。熱に侵され、ひとりで苦しんでいたのだろうか。

（私、何も分かっていなかった）

涙で視界が霞んだ。

親に捨てられたときも、侍女長に叱られたときも、決して泣いたりはしなかったのに。

執事がブリジットを自室に運び、広いベッドに寝かせたあとも、シエンナは泣くばかりで言葉を発することもできなかった。

　すると老いた執事は腰を屈め、まっすぐにシエンナを見て言った。

「シエンナ。私はもうここを離れなくてはなりません」

　この場を離れがたいのだろう。執事の声と表情には苦渋が満ちていた。

「あなたがお嬢様のために、清潔な布と氷水を用意して看病しなさい。部屋の棚にあるクリームも左手に使うように、使い方はお嬢様が分かっていますから」

「…………」

「今のあなたは、お嬢様の侍女なのです。できますね？」

「はい。……はい」

　涙を拭って答えると、ほっとしたような頷きが返ってきた。

　言われたものを用意して部屋に戻ると、その頃には執事は消えていて、ベッドに横たわったブリジットがぼんやりとこちらを見ていた。

　シエンナは緊張しながら、そんなブリジットに近づいた。

　ベッドの脇に、たっぷりの氷水を入れた重い桶をどうにか置く。

　冷たい水の中に両手を入れると、手拭いを濡らし、それをきゅっと絞った。

　まずは額に手拭いを置く。気持ちが良いのか、ブリジットは目を細めている。

　かなり体温が熱いので、少ししたら取り替えたほうがいいだろう。汗ばんでいるだろう身体も拭いたいが、それよりも先に。

「お嬢様。包帯を外してもいいでしょうか」

返事はなかったが、了承の合図と受け取って、シエンナは左手の包帯を取り外しにかかった。

そして数十秒と経たぬ内に、涙が溢れそうになった。

（………ひどい……）

なんと無残な傷なのだろう。

白い手の甲に走るピンク色の火傷。皮膚が盛り上がったような痕。

元々は肘に近い位置まで、ひどい火傷だったという。つまり神官の治癒を受けた上で、これほどの傷跡が残ってしまったのだ。

――これが、実の父親が五歳の子につけた傷なのだ。

「ごめんなさい、気持ち悪いよね。あんまり見ないほうがいいよ」

言葉を失うシエンナを気遣ったのか、ブリジットはそんなことを言う。

「違います。……違うんです、お嬢様」

不思議そうに開かれた翠石の瞳と目が合うと、また自分が情けなくて仕方がなくなった。

「ごめんなさい、お嬢様」

「どうしてシエンナが、謝るの？」

「私があなたに、ひどいことをしたから」

意識が定かではないのか、ブリジットは何を言われたか分からない様子で目をしばたたかせるだけだった。

シエンナは鼻を啜りながら、濡らした布でブリジットの左手を緩めに巻いていく。

それを終えた頃には、ブリジットの呼吸は少しだけ落ち着いていた。

「お嬢様。何かしてほしいことはないですか」

「え？」

「私にできることなら、なんでもします」

今まで反抗的な態度だった侍女だ。

突然態度の変わったシエンナに、ブリジットは戸惑うだろうか。そう思ったが、ブリジットはなぜか申し訳なさそうに眉根を寄せた。

「それより、ごめんなさい。私、おとうさまに会えなかった」

「そんなことは、どうでもいいんです。……だからもう謝らないで」

シエンナが切実な思いで伝えると、ブリジットはさすがにびっくりした様子だった。

「じゃあね。えっと……あのね、お願い」

「はい」

「身体が熱くて、怠いの。だから……私が眠るまで、手をにぎっててくれる？」

おずおずと差し出された右手を、シエンナは目を見開いて見つめた。

（そんな些細なことが、あなたのお願いなのですね）

同時に、思う。

この子には熱を出した夜、今や手を握ってくれる父も母も居ないのだ。

メイデル伯爵は、既に養子も取っているという。

だが、帰る場所がないのはシエンナも同じことで――、

「お嬢様。ここが、お嬢様のおうちです」

残酷な物言いに聞こえるだろうか。泣かせてしまうだろうか。

それでもブリジットは静かに、シエンナの言葉に耳を傾けている。

「私が、私たちが、この家をお嬢様の大切な場所にしてみせますから」

だから、どうか――少しでも、笑っていてほしい。

健やかであってほしい。苦しまずに居てほしい。幸せで、あってほしい。

そう願う気持ちは、決して嘘ではなくて。

そんな思いを込めて、シエンナは両手で、ブリジットの右手を握った。

柔らかい、幼子の手だった。

「……うん。ありがとう」

「お嬢様」

「シエンナの手……ひんやりしてて、気持ちいいね」

そうしてゆっくりと、ブリジットは瞳を閉じた。

寝息は穏やかだった。だから小さくて温かな手を、いつまでも大切に握っていようと、そう思ったのだ。

（あれから、十一年もの月日が経った）

今やシエンナにとって、ブリジットの成長する姿を見ることこそ生きる意味そのものとなっている。

別邸の使用人たちもそれぞれ、ブリジットに親愛の情を捧(ささ)げている。

料理人のネイサンは毎日楽しそうに、彼女のための料理を作っている。

パティシエのカーシンは雑で飾り気のない物言いばかりするが、彼女の笑顔を引き出していて。

庭師のハンスはトネリコの木を埋めて、本邸からこの小さな別邸を隠すように空高く育てた。

トネリコには小妖精たちも集まり、精霊好きのブリジットはそれが嬉しいようだった。

それでもきっと、どんなに力を尽くしても、この小さな家はブリジットの安らぎにほど遠いのだろう。

結局ここは、彼女が両親と暮らした場所ではないのだから。

（それでも、私は）

「お嬢様(レディ)、お荷物お持ちしましょうか？」

「結構です」

横合いから唐突にかけられた声に、気がついていたシエンナは素っ気なく首を振った。

顔を向けると、クリフォードは「残念です」とそうでもなさそうに微笑んだ。

クリフォード・ユイジー。

落ち着いた物腰の彼は、ユーリ・オーレアリスの従者だ。

彼も、オーレアリスの屋敷ではシエンナと同じように、主人の身の回りの世話を務めているのだろう。今日もユーリの言いつけで買い物に来たようだった。

「どうです、よろしければお茶でも」

「いえ。そろそろお嬢様のご帰宅の時間ですので」

「そうですか」

きっぱりと断ると、次はちょっぴり残念そうにするクリフォード。

先日、ブリジットとユーリを交えて挨拶したのが初対面なのだが、どうやらシエンナのことを気に入っている様子である。それが色気のある理由なのか、単純に無表情の侍女を面白がっているだけなのか、判断はつかなかったが。

(たぶん、後者の気がするけど)

「では馬車まで送りますよ」

「……ありがとうございます」

これ以上断るのは失礼に当たるだろう。

物好きな従者に、素直に頭を下げておく。

そして顔を上げたところで、「行きましょうか」と自然と荷物を奪われていた。

「そういえば聞きましたか？　近々ブリジット嬢が、オーレアリスの家に遊びに来られるそうで」

「……ええ。お嬢様から聞いています」

「夏期休暇に約束を取りつけるとは、私の主は意外と積極的な方だったようです」

隣を歩くクリフォードは楽しそうに笑みをこぼしている。

しかしシエンナは正直、ブリジットの身が心配でならなかった。

もじもじしながら頬を染めたブリジットに、『あのね、実はユーリ様がね、家に来てくれないかってね、言ってきてね』なんて話されてしまっては、今さら反対することはできなかったものの――。

（もしもお嬢様の身に何かあっては……）

シエンナだって分かっている。

ユーリは名高きオーレアリス家の子息なのだ。嫁入り前の令嬢に傷をつけるような真似はしないだろう。

だが、この国で最も立場あるはずの王族のジョセフが、ブリジットの心を長年かけて痛めつけたことを知っているからこそ。

「もちろん、当日は私もついていきますから」

「そうなんですね。楽しみだなあ」

ギラギラとオレンジ色の瞳を光らせるシエンナに、言葉通り楽しそうにクリフォードが笑う。

他人事だと思って、と溜め息を吐いてから。

……ぽつりとシエンナは口を開いた。

「クリフォード様。ひとつ、訊いてもいいでしょうか」

「なんでしょう」

少し躊躇ったが、結局シエンナは訊いていた。

「……浅瀬、などという名前をつけられて、クリフォード様はおいやではありませんでしたか？」

「もちろんいやでしたよ」

即答である。しかしそれにしては、クリフォードの表情は落ち着いている。

水色の短い髪に触れながら、彼は言う。

「でも——そうですね。私が嫌っていたのはオーレアリス家で、ユーリ様ではなかったんです。その二つを混同するのがどれほど無意味なことなのか、今ではよく分かっていますから」

クリフォードは多くは語らなかったが、眩しいものを見るような眼差しが、その心境を雄弁に物語っていて。

（良い主人に出会えたのは、お互い様みたいですね）

お礼を言ってクリフォードと別れたシエンナは、馬車で別邸へと戻った。

そして、いつものお仕着せ姿に手早く着替えると、玄関に真っ直ぐ向かい。

ドアを、開け放った。


「お帰りなさいませ、ブリジットお嬢様」

親しい間柄の相手にだけ分かるほどの、ほのかな笑みを浮かべて迎えると。

シエンナにとって最愛の主人——夕景の中でさえ輝くような髪を靡かせたブリジットは、「ただいま」と嬉しそうに微笑んだのだった。

あとがき

お初にお目にかかります、榛名丼と申します。

この度は本作『悪役令嬢と悪役令息が、出逢って恋に落ちたなら』をお手に取っていただき、誠にありがとうございます！

サブタイも含めるととっても長い本作、作者はもっぱら『あくあく』と略しております。

ヒロインもヒーローもツンデレなお話って、見たことないかも？　という思いつきで書いてみた作品です。

書き殴りのメモを読みますと、原型の構想段階では、ツンデレたちを主人に持つ従者と侍女目線のお話にしようとしていたようです。そのときの主人公たちは、シエンナとクリフォードという名前になり、しっかりと『あくあく』にも登場しています。

激情家のブリジットの傍にクールなシエンナ、冷静沈着なユーリの傍に朗らかなクリフォードという、このバランス感も個人的に気に入っています。

また、本作には多くの精霊たちも登場します。最初は妖精のみ登場するお話を考えていましたが、厳密に言ってしまうとかなり範囲が狭まってしまうため、表現に非常に悩みました。

「ならもう精霊も妖精も一緒くたに、この世界では精霊表記で行こう！　お祭り騒ぎなお話にしよう！」と決めてからは、わりと迷わず書けております。精霊種、妖精種、と作中では分けておりますが、基本的には「精霊」と覚えていただけたら問題ないかと思います。

どこかの土地で確かに居たのだと語られる子から、幻想じみた存在まで。好き勝手にひょっこりと出てくる精霊たちのことも、気に入っていただけたら嬉しいです。


そしてイラストはなんと、さらちよみ先生が担当してくださいました。

カバーイラストを拝見したときの喜びと感動といったら、今でも言葉にできません……。

可愛くて気高いブリジットと、格好良くて皮肉屋なユーリ。さらち先生の描かれる魅力的な彼女たちを見て、心から「二人に会えた！」という気持ちになりました。さらち先生、本当にありがとうございます。

担当編集のF様。これからも頑張ります。これからもどうか頑張ってください。ファイト！

そして『小説家になろう』にて現在も連載中の本作を、応援してくださった皆様と、この一冊を選んでくださったあなたに、心からの感謝をお伝えさせてください。


じれじれで、もどかしくて、不器用な二人の恋の行方を、今後も見守っていただけたら幸いです。

また次巻で皆様にお会いできますように。

悪役令嬢と悪役令息が、
出逢って恋に落ちたなら
～名無しの精霊と契約して追い出された令嬢は、
今日も令息と競い合っているようです～

2021年12月31日　初版第一刷発行
2024年1月26日　第二刷発行

著者　榛名丼

発行者　小川 淳

発行所　SBクリエイティブ株式会社
〒105-0001　東京都港区虎ノ門2-2-1

装丁　AFTERGLOW

印刷・製本　中央精版印刷株式会社

ISBN978-4-8156-1348-8
Printed in Japan

ファンレター、作品のご感想をお待ちしております。

〒105-0001　東京都港区虎ノ門2-2-1
SBクリエイティブ株式会社
GA文庫編集部 気付

「榛名丼先生」係
「さらちよみ先生」係

本書に関するご意見・ご感想は
下のQRコードよりお寄せください。
※アクセスの際に発生する通信費等はご負担ください。